LA FIRMA DE DIOS

La prueba de que existe un Creador

WILLY M. OLSEN

Categoría: Espiritualidad | Colección: Grandes revelaciones

Título original: *La firma de Dios, la prueba de que existe un Creador*

Primera edición: Marzo 2020
© 2020 Editorial Kolima, Madrid
www.editorialkolima.com
www.firmadedios.info

Autor: Willy M. Olsen
Dirección editorial: Marta Prieto Asirón
Maquetación de cubierta: Sergio Santos Palmero
Maquetación: Carolina Hernández Alarcón y Lucía Alfonsín Otero

ISBN: 978-84-18263-07-1

ÍNDICE

PRÓLOGO

¡La firma de Dios!
¡Ni más ni menos!
Suena osado, pero este libro es resultado de una investigación inédita que presenta conclusiones que, como poco, invitarán a una profunda reflexión.

¡No! No se trata de un ensayo sobre religión, si bien será necesario referirse a algunos aspectos postulados por algunas religiones ya que, al fin y al cabo, Dios es su principal protagonista y la religión la disciplina que más ha tratado este tema.

El nombre de Dios es una matriz de números que configuran realidades tan diversas como el ADN, los pilares de las matemáticas y antiguos sistemas de creencias que siguen vigentes hoy en día. La propia matriz también nos invita a identificar que se trata del nombre de Dios, y por lo tanto la firma del Creador. Este libro abordará estos aspectos en detalle. Sin embargo no hace falta ser una persona versada en matemáticas para seguir estos desarrollos.

El hecho de verificar la firma de un Creador tiene importantes consecuencias para dar un sentido a nuestra existencia. No voy a entrar en el extenso discurso de posibilidades filosóficas, éticas y espirituales que este hecho entraña. Que cada uno siga el camino que le encaje. Sin embargo, hay un aspecto que sí abordaré.

El nombre de Dios, además de una matriz numérica que configura la Creación, resulta ser también una poderosa fórmula para transformar nuestra realidad. Su correcta invocación permite que nuestros deseos se cumplan. Así que he creído importante explicar también los detalles de esta formulación.

1	2	3	4	5	6	7	8
2	4	6	8	1	3	5	7
3	6	9	3	6	9	3	6
4	8	3	7	2	6	1	5
5	1	6	2	7	3	8	4
6	3	9	6	3	9	6	3
7	5	3	1	8	6	4	2
8	7	6	5	4	3	2	1

DEDICADO AL CREADOR CON TODO MI AGRADECIMIENTO

Si hay algo que diferencia nuestra época actual de otros periodos de nuestra Historia es la abundancia de información. Nunca antes ha habido tantos recursos informativos a nuestra disposición: libros, internet, foros, TV... Irónicamente tampoco antes hemos padecido de tanta incertidumbre.

El exceso de información nos empacha pero no nutre las certezas, los pilares de nuestras creencias. Hoy en día hay muchas personas que no tienen claro en lo que creen, simplemente se dejan llevar por esta ola de sobre-estimulación en la que surfea nuestra cultura. Y entonces, cuando llegan esos inevitables momentos en los que la vida nos abofetea, surgen las depresiones y las crisis existenciales.

Uno de los conceptos que ha quedado atrapado en esta red de información ha sido el de un Creador, y lo llamo Creador porque Dios es una palabra tamizada de excesivas connotaciones religiosas y este libro no lo es. Sin embargo la gran pregunta sigue vigente: ¿De dónde hemos venido?, ¿por qué estamos aquí?

La idea de un Creador ha quedado circunscrita a uno de los muchos datos atrapados en esta gigantesca red de información, cuando es precisamente esta idea la que constituye el mismísimo océano en el que se hayan inmersos los demás conceptos.

El Creador es la piedra angular desde la que se edifica la realidad y la clave para dar un sentido a nuestra existencia. Sin embargo, Dios ha tenido la costumbre de transitar discretamente tras las bambalinas, interactuando con los personajes del escenario con la discreción de un apuntador, invisible a los espectadores, quienes, atrapados por la narrativa, intuyen con inseguridad que quizá pudiera haber un guión dirigiendo sus vaivenes emocionales. Sin embargo, el artífice de esta obra nunca se presenta en el escenario, salvo quizá al final cuando tocan los aplausos.

He tenido la fortuna de fijarme en el cartel de esta maravillosa obra de teatro y ahí, entre sus créditos, se encuentra la firma del director. Hay que fijarse, no dejarse deslumbrar por los protagonistas de la película, ni dejarse atrapar por su suculenta narrativa, ni rebuscar entre la continua retahíla de títulos de crédito que contribuyen a su producción. Ahí, en un lugar tan discreto como protagonista, se encuentra la firma del autor de esta obra de arte que conforma nuestra existencia. Así que...

Gracias Creador por haberme permitido transformar en certeza lo que habitualmente se sostiene por la etérea solidez de la fe.

Gracias Creador por haberme inspirado para desarrollar esta investigación y compartir este conocimiento.

Gracias Dios por haber dotado de sentido a tu Creación, y firmar tu obra con bella elegancia.

¡Gracias, gracias, gracias!

Sobre el Autor

No me considero ningún iluminado, ni ningún gurú. Lo que presento en este libro es resultado de una investigación, de muchos años de pesquisas analizando hechos, estudiando Historia y considerando paradigmas fuera de las rígidas estructuras de lo excesivamente religioso y lo excesivamente cientificista.

Académicamente tengo un doctorado en Comunicación y dos carreras, conozco el rigor que conlleva una buena investigación y la importancia de referenciar adecuadamente las conclusiones, pero también he constatado en demasiadas ocasiones que las tesis son tremendamente aburridas y poco divulgativas. Mi objetivo con este libro no es llevar a cabo un trabajo de erudición, sino explicar de forma amena y asequible, en definitiva: ¡comunicar!

La comunicación es el camino para compartir el conocimiento. Es bien distinta a informar. Informar es ametrallar con datos a una audiencia. La comunicación trata de asegurar que el receptor entiende el mensaje además de recibirlo, y eso requiere mucho más trabajo. Este libro es mi intento de comunicar y compartir con usted un descubrimiento que merece la pena.

El nombre de Dios es una matriz de números: la firma del Creador. El origen de esta matriz y los múltiples enfoques que desarrolla son el objetivo de estas páginas. Yo no me dediqué a encajar números al azar para ver si cuadraban más o menos con una justificación suficiente para escribir un libro así. Esta matriz siempre ha estado ahí, inherente a los números, y siempre lo estará. Yo he tenido la suerte de verla, de intuir que había algo especial tras esa peculiar configuración de cifras, de ir encajando piezas y más piezas hasta constatar que se trataba de la mismísima firma del Creador.

No me considero un escritor de carrera, pero en un cierto punto de mi vida tomé la decisión de que debía compartir muchas de las cosas que había descubierto y por este motivo me lancé a la trabajosa tarea de escribir una novela titulada *Los Versos de Pandora*, un análisis de todo el conocimiento humano disfrazado de extensa novela histórica y de aventuras. *Los Versos de Pandora* plantea un viaje de iniciación que culmina en el nombre de Dios. Sin embargo me percaté de que en este mundo, en el que el recurso más escaso es el tiempo, hacía falta otro formato de divulgación más conciso que sintetizara los fascinantes intríngulis de la matriz. Este libro es el resultado.

A título personal me considero una persona afortunada y con éxito, entendiendo el éxito no como la fama, sino como poder contribuir a la felicidad de quienes me rodean y recibir su cariño y compañía. Y afortunada porque he aprendido a vivir con lo que necesito, y a necesitar lo suficiente como para vivir cómodamente, escapando de la incesante trampa del cada vez más, mejor y más nuevo.

Y desde luego la matriz que presento en este libro no es mía. Es la firma de Dios. Yo simplemente actúo como su divulgador. Se la voy a presentar y cuando usted la conozca ya decidirá qué hacer con ello.

Willy M. Olsen

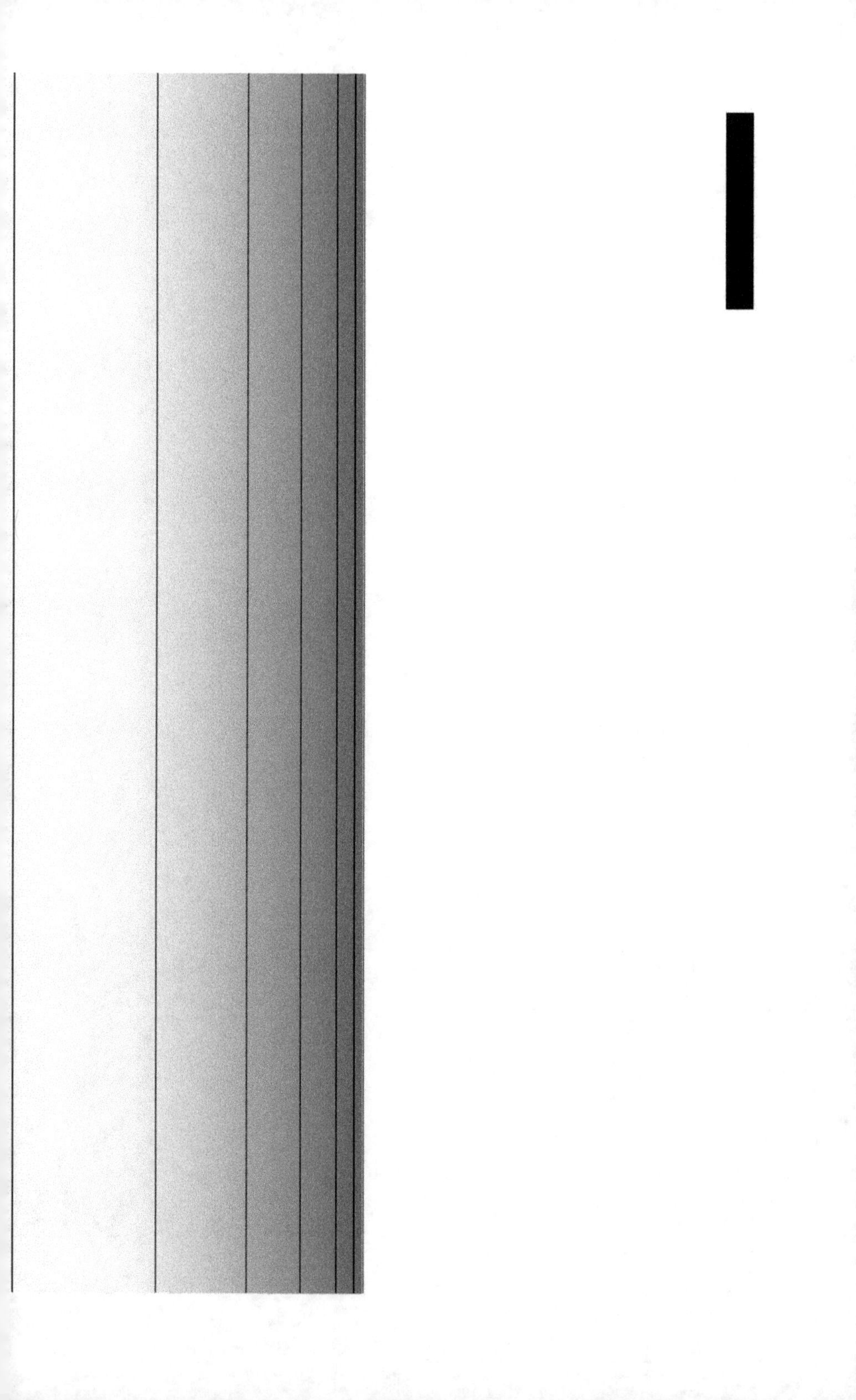

1. Veo, veo… ¿Qué ves?

Tiempos de mucha ciencia

Vivimos en la época de la ciencia. El paradigma científico impregna nuestras creencias y nuestro modo de vida. Culturalmente sentimos que dominamos nuestro entorno y que las respuestas a cualquier pregunta ya no dependen de la metafísica, sino que es cuestión de tiempo que los avances científicos y tecnológicos nos ofrezcan una solución a casi cualquier problema. ¡Craso error!

Nuestra cultura científica quedó anclada en el siglo XIX, en una física newtoniana y mecánica que es absolutamente correcta y además fácil de entender, al menos conceptualmente, en la que las cosas que suben bajan, la materia es sólida, líquida o gaseosa, se toca y se puede trastear con ella. Sin embargo, desde hace más de un siglo, la física newtoniana descubrió que no avanzaba sobre tierra firme sino que patinaba sobre una capa de hielo en la que se ha pegado unos buenos resbalones. ¡Sí! Lo has adivinado. ¡La física cuántica!

Hoy la palabra «cuántica» está de moda, a pesar de que mentes brillantes arremetieron contra ella por considerarla una aberración anti-conceptual. «Dios no juega a los dados» afirmaba incómodo el mismísimo Albert Einstein cuando le preguntaban por el principio de incertidumbre. Pero no, este libro no es un tratado de física cuántica. Por ahí no van los tiros para desvelar la firma de Dios, aunque sus bases forman parte del camino.

El gran problema de la física cuántica es que se escapa de los patrones conceptuales que estructuran nuestro cerebro y con los que la mente interpreta la realidad. Se entiende bien que un electrón orbite dando vueltas alrededor de un núcleo atómico, pero no se visualiza tan bien cuando se explica que en realidad el electrón no orbita, sino que «está» presente en toda la órbita al mismo tiempo y que solo cuando le sacamos una foto se detiene en un punto, como posando para saludar al observador. Los electrones cambian de órbita cuando reciben o pierden energía. ¿Cambian? Realmente dejan de estar en una órbita y aparecen en la siguiente como por arte de magia. ¿Y dónde se meten durante el tránsito de una órbita a otra? Si usted consigue que un electrón le cuente su secreto podrá recibir un premio Nobel.

"Nuestra percepción de la realidad está anclada culturalmente en la ciencia newtoniana del S. XIX".

La física cuántica desafía nuestra noción de realidad porque juega con reglas que se burlan de nuestra escala de lo conocido. Entonces... ¿cómo sabemos que es cierta? Los primeros que llegaron a vislumbrar algo a través de esa niebla de incertidumbre fueron unos pocos matemáticos. Les habrían tachado de locos si no hubiera sido porque las consecuencias de sus postulados se podían aplicar. Muy pocos entendían sus teorías pero sus afirmaciones revolucionaron la tecnología que nos rodea: la bomba atómica, el microondas, los ordenadores y las telecomunicaciones avanzadas son algunos ejemplos de la aplicación de la física cuántica. Así que mucho ojito con lo que nos parece científico o no.

Hace algunos años, algunos científicos comenzaron a darse cuenta de que los *Upanishads* —los textos místicos de la India antigua— utilizaban metáforas que encajaban bastante bien en la descripción y comprensión de aspectos de la física cuántica. La religión hindú expone un panteón de dioses con tantos personajes y enrevesadas aventuras que dejan a cualquier culebrón latinoamericano a la altura de un cuento infantil. Lo digo con todos los respetos. Por el contrario, los *Upanishads* compilan la esencia de toda su sabiduría metafísica, que forma el sustrato común de su amplia variedad de cultos. Cuando sus primeras traducciones llegaron a Occidente en el siglo XVIII, filósofos del calado de Schopenhauer afirmaron que aquellos versos conformaban lo más sublime del conocimiento humano. Todas las corrientes de mística y sanación cuántica, tan populares hoy, se justifican con estos paralelismos.

Volvamos a ese selecto club de matemáticos que comenzaron a desarmar la bonita maquinaria que nos hizo creer a los seres humanos que estábamos por encima de todo. El descubrimiento de América nos alentó a desafiar a Dios, ya que *La Biblia* no mencionaba ninguna pista sobre el nuevo continente. ¿Acaso el ser supremo no sabía de su existencia? ¿Por qué no lo dijo entonces? El mundo dejó de ser del Creador y pasó a ser nuestro para explorarlo y poseerlo. La física de Newton nos llevó a creer que el Universo funcionaba como un gigantesco reloj, cuyas piezas acabaríamos dominando con tiempo suficiente. La evolución de Darwin puso la ley del más fuerte a la cabeza de la moral. La revolución industrial empujó el poder de los cetros de los reyes y los obispos a manos de la economía. Las guerras por el reparto del mundo se apoderaron del siglo XIX y XX bajo estas nuevas premisas. Y, para colmo, unos pocos físicos y matemáticos demostraron que con unos pocos kilos de material radiactivo podían desintegrar una ciudad de la faz de la Tierra. La bomba atómica dejó al mundo atónito, depositando de un golpe la responsabilidad de nuestra propia supervivencia en nuestras manos. Dios se había quedado fuera del juego; había perdido su papel protagonista en la ordenación del planeta y en la preservación del ser humano.

Habíamos dejado de ser aquellos niños temerosos del gran padre omnipotente del lejano pasado y nos convertimos en alocados adolescentes, peleándonos por el protagonismo, hasta que constatamos que la muerte ejercía su función de forma tan inexorable como siempre. Nuestro mundo había cambiado demasiado rápido. La nueva física solo se comunicaba con unos pocos escogidos. Todos los demás dejamos de entender las nuevas fuerzas que regían el Universo, así que nos anclamos culturalmente en la física clásica, que era más fácil. Esa ciencia funciona, es afín a nuestra medida de la realidad y nos mantiene libres del yugo moral del Creador de antaño.

Sabemos que existe otra ciencia más compleja, que no se comprende bien y ¡desde hace más de un siglo! ¿Y qué? Al fin y al cabo la ciencia es ciencia. Es lo mismo, ¿no? Lo cierto es que no pero no nos lo planteamos, simplemente nos dejamos seducir por las comodidades que se derivan de su tecnología, poniendo de paso nuestros destinos en manos de quienes nos hacen creer que saben lo que hacen.

El problema de la nueva ciencia es que se expresa solo con números y ecuaciones. ¿Y eso quién lo entiende? Pues claro está, un matemático, y no todos, porque no se trata de ser bueno calculando sino de enterarse de cómo las ecuaciones describen la realidad, realizar predicciones basadas en dichas interpretaciones y diseñar experimentos que las confirmen. Y aquí reside el *quid* de la cuestión.

La mecánica cuántica y la astrofísica brujulean entre conceptos frecuentemente más afines a la ciencia-ficción y a la metafísica que a los paradigmas del método científico clásico. Ese al que estamos tan acostumbrados y que pinta nuestra realidad de aparente solidez.

Es complejo diseñar experimentos en la escala de lo infinitamente pequeño o de lo inmensamente grande. La creatividad de muchos científicos para probar sus hipótesis supera con creces las capacidades deductivas de Sherlock Holmes; sin embargo, la realidad invisible se resiste a ser vilmente desnudada por mirones. Por suerte, hay investigadores que sin perder el rigor aceptan las deficiencias de la ciencia para asomarse a lo intangible y optan por otras opciones que conducen a conclusiones increíbles como que nos encontramos inmersos en un campo de información que interconecta el Universo y la vida.

Esta es nuestra ciencia de hoy.

"La física cuántica y la astrofísica nos presentan una realidad más afín a la brujería que a la ciencia clásica".

Repasemos ahora cómo ha evolucionado la relación entre Dios y la ciencia.

Bien pasado el año 1.000 d. C, puesto que en esa época se tenía poca consciencia de la fecha en la que se vivía, las personas constataron que no les había llegado el juicio final y comenzaron a tomar las riendas de su destino. Este renacimiento dio protagonismo a una nueva estrella: ¡la mente! Sin embargo, las lagunas que los descubrimientos de la filosofía y la incipiente ciencia no eran capaces de llenar recurrían a un comodín infalible: ¡Dios! La omnipotencia del Creador tenía a bien dar sentido a cualquier incertidumbre.

Isaac Newton, el padre de la física clásica, murió frustrado porque su teoría de la gravedad podía explicar el movimiento de los planetas pero no podía explicar quién los ponía en movimiento. Newton fue un gran creyente; pasó buena parte de sus días estudiando las ciencias ocultas en busca del conocimiento definitivo. La ley de la gravedad constituyó un análisis marginal entre sus investigaciones. Albert Einstein, el padre de la física moderna, consideraba que la ciencia sin religión estaba coja y que la religión sin ciencia estaba ciega. A pesar de estas relevantes referencias, la gran mayoría de los científicos actuales se guardan muy mucho de revelar en público sus creencias personales sobre lo trascendente. Les preocupa quedar denostados por la severidad y la intransigencia del método científico. Hoy en día, jugar la carta de Dios no solo se considera hacer trampas, sino que te expulsa irremediablemente del juego.

Así que actualmente nos encontramos inmersos en una tremenda paradoja. Los científicos más avanzados plantean propuestas cuya osadía hace palidecer a muchos postulados religiosos: todo es energía, universos paralelos, la vida proviene del espacio, comunicación instantánea entre partículas separadas millones de kilómetros, múltiples dimensiones o singularidades que escapan descaradamente a las leyes de la física sin que nadie les diga nada, como los agujeros negros o la materia oscura, que está ahí pero no está y nadie sabe dónde está a pesar de que se estima que ocupa el 80% de la masa del Universo, que no es poco.

La perplejidad es la reacción más habitual de nosotros los peatones. A ella le sigue una especie de vértigo al asomarnos a ese abismo de incertidumbre que resulta de la pregunta ¿pero qué es todo esto? Esta pregunta es la misma que se hacían nuestros ancestros, solo que la de hoy es mucho más sofisticada, aunque con la tremenda desventaja de que ya no se puede exclamar «¡Ay, Dios mío!». Porque, como he explicado antes, Dios es un argumento muy poco científico, casi de vagos. Así que... ¿qué pasaría si se encontrase el nombre del Creador firmando su obra? ¿No lo hacen todos los artistas desde tiempos inmemoriales? ¡Pues qué menos! Si hay alguna obra que merece ser firmada, esta sería el Universo. Y así es, pero paciencia, que ya llegaremos.

Hemos visto cómo todos los postulados de la ciencia, incluso los más fantásticos, son consecuencia de descripciones matemáticas, así que sería acertado pensar que la firma de Dios también debería encontrarse insertada dentro de ese lenguaje universal que ofrecen los números. Obviamente el nombre de Dios no va a escoger un idioma humano para manifestarse. ¿Lo haría en chino, en inglés, en español? Eso no sería justo para el resto. ¿Y si hubiera extraterrestres, qué? ¿Se quedarían sin entenderlo? ¡Pues menudo Dios sería! Así pues, el nombre de Dios debería encontrarse en los números, el único idioma auténticamente universal.

"El nombre de Dios debe expresarse en el único idioma universal: ¡los números!".

¡Menuda faena! ¡Con lo mal que se me dan las ecuaciones!

No se preocupe. No sería equitativo por parte del Creador que la firma de su obra fuese asequible a unos pocos escogidos de mente pitagórica. Por suerte para todos, las matemáticas no son la única y exclusiva relación entre los números. El nombre de Dios puede ser interpretado de muchas formas, aunque todas sean la misma. Ya lo verá. Siga leyendo.

Veo, veo...
¿Qué ves?
Una cosita...
¿Y qué cosita es?
Empieza con la letra...
¡No, con una letra no!
¡Con un número!
Bueno con unos cuantos...

2

2. Cuando el río suena, agua lleva

Un Universo afinado

Sigamos con la ciencia un poco más.

El Universo resulta altamente sospechoso de haber sido diseñado de forma ingeniosa y premeditada, o dicho de otra manera, se encuentra altamente afinado para desarrollar la vida, incluso para posibilitar la vida inteligente. Y aquí se abre un debate que voy a zanjar con celeridad. Por el momento parece que los seres humanos somos la única vida inteligente, al menos que nosotros conozcamos. Si hay otra vida inteligente, o bien está muy lejos o bien pasa de nosotros, porque a fecha de hoy no se ha presentado formalmente en sociedad. Aunque lo de que somos seres inteligentes aún está por ver. En el océano del tiempo cósmico, la especie humana es apenas un fugaz revoltijo de espuma sobre una ola.

Hagamos un pequeño repaso de cosmología para entender cómo de afinado se encuentra el Universo. En el principio está el Big Bang. ¿Quién no ha oído hablar a estas alturas del Big Bang? Un tremendo estallido que surge espontáneamente de la nada dando origen al Cosmos. Precisemos. El Big Bang no nace de un punto desde el cual se expande hacia la inmensidad del espacio como cualquier explosión que se precie. El Big Bang restalla en todos los puntos del Universo de forma simultánea. ¿Cómo? Pues eso mismo se preguntaron quienes se percataron de que todas las galaxias se alejan unas de otras.

El Cosmos es un entorno tremendamente violento y agitado, aunque desde la escala temporal humana nos parezca inamovible. Me explico. La existencia de la especie humana es a la dinámica del Universo lo que una foto sería para representar todos los acontecimientos de una vida longeva.

"El Universo ha sido afinado con precisión para albergar vida. Lo de inteligente está por ver".

Detengámonos un momento.
Centrémonos en una puesta de Sol.
Disfrutemos de la calma que nos regala ese bello momento.
¡Qué paz!
Sin embargo, esa sensación de quietud es totalmente ficticia. Viajamos en un vehículo espacial llamado planeta Tierra que rota a un velocidad de más de 1.600 km/hora, a más que la velocidad del sonido, y que a su vez orbita alrededor del Sol a más de ¡100.000 km/hora! Eso no es todo. Nuestro sistema solar orbita alrededor del núcleo de la Vía Láctea a una velocidad cercana al millón de kilómetros por hora. Nuestra propia galaxia pertenece a un grupo local de galaxias que se precipitan hacia un gran atractor a una velocidad estimada (según la referencia que se tome) de unos 1.000 km/segundo (ya no por hora). No se sabe bien qué es este gran atractor ya que se encuentra más allá del universo observable. Para no marearnos con tantas vueltas, órbitas y velocidades relativas, podemos utilizar la radiación cósmica de fondo como referencia para establecer que nuestro pequeño planeta se dirige hacia la constelación de Leo a unos 390 km/s. Así que ya sabes hacia dónde te encaminas cuando sientas la quietud aparente con la que nos reconforta nuestra nave espacial.

El planeta Tierra es además un vehículo muy especial. Cuenta con una colaboradora, por suerte con contrato fijo, que estabiliza su eje y la protege de excesivos bamboleos. Se trata de la Luna. La vida en este mundo no hubiera llegado a ser lo que es hoy, probablemente ni se hubiera desarrollado, si no hubiera sido por la Luna. Sin ella, el eje de la Tierra oscilaría como una peonza a punto de caer, haciendo que las estaciones del año fueran extremas, las mareas y las corrientes marinas carecieran de su dinamismo actual, y la duración del día fuera la tercera parte de lo que es hoy, o sea unas ocho horas. En definitiva, nuestro querido planeta habría resultado demasiado soso para propiciar la evolución de la vida, a la vez que demasiado extremo para que cualquier amago de organismo hubiera podido adaptarse y sobrevivir. Así que aprovechemos que esta colaboradora ha sincronizado su velocidad de rotación con la de su traslación para mostrar siempre la misma cara y devolvámosle la sonrisa la próxima vez que la veamos.

"La Tierra es un vehículo espacial que se mueve a velocidades vertiginosas".

Tenemos suerte de contar con la Luna para existir hoy. Pero ella no es nuestra única protectora. El sistema solar entero parece haberse diseñado para que la vida en la Tierra cuaje en este preciso momento de la Historia galáctica. Los planetas han contribuido a nuestra existencia como los miembros de una familia repartiéndose las obligaciones para la cría de un niño. Veamos cómo.

Una nebulosa comenzó a condensarse. La energía cinética de rotación se transformó en calor a medida que el océano de moléculas se aglutinaba en el centro y se aceleraba. El polvo estelar, en combinación con la velocidad, el calor, la gravedad y los campos electromagnéticos generó un sol central y muchos corpúsculos orbitando a su alrededor. Esta centrifugadora cósmica arrastró los materiales pesados hacia el interior, dejando los más ligeros por el exterior, iniciando la formación de una centena de planetoides de tipo terrestre y un par de gigantes gaseosos más alejados. Colisiones, acreción, mareas galácticas y meteoritos se apelotonaron y desplazaron todo este material hasta distribuirlo en su forma planetaria actual.

Nuestro sistema solar se creó como muchos otros. Procedimiento estándar. Nada especial. Aunque es realmente prodigioso cómo los planetas del sistema contribuyeron –y siguen haciéndolo– a que nuestro taxi sideral pudiera recoger a un pasajero sin parangón: ¡la Vida!

Un meteorito del tamaño de Marte chocó con la Tierra formando su núcleo y proyectando al espacio buena parte de su manto, que se reagrupó para modelar la Luna. Ya hemos mencionado su vital importancia. Apenas había agua en la Tierra. La geología era violenta y el espacio salvaje.

Mercurio y Venus amortiguaban los ímpetus del Sol, atrayéndolo sobre sí. Marte defendía a la Tierra del exterior. Sus dos lunas son ejemplos de asteroides capturados por su campo gravitatorio. Una gran colisión era más que suficiente para frustrar los planes que los dioses mitológicos habían planificado para Gea.

Júpiter, en resonancia con Saturno, ayudó a estabilizar las órbitas de los planetas interiores y castigó duramente a quien no le obedeció. Se calcula que el cinturón de asteroides que se ubica entre Marte y Júpiter contenía material suficiente como para formar un planeta de unas tres veces la masa de la Tierra. La resonancia gravitatoria de los dos gigantes gaseosos aceleró este material de tal manera que salió despedido, bien hacia el interior o hacia el exterior del sistema solar. Una buena parte de su composición era agua. Se estima que gran parte del agua de nuestro mundo provino de allí. El resto fue a parar a los dos grandes planetas de hielo, Urano y Neptuno, que terminaron de «limpiar» el espacio intergaláctico de material beligerante, amontonando la materia sobrante en la nube de Ort y en el cinturón de Kuiper, de donde provienen los cometas que hacen turismo por nuestro sistema solar. A Plutón, por ejemplo, que le gustó la visita, los planetas mayores le dieron un permiso de residencia en el sistema.

A Gea le regalaron un preciso vestido azul en el que la vida comenzó a bucear.

Dicho así quizá no suene tan trascendente. Veámoslo de otra forma.

El conjunto de planetas del sistema solar contribuyeron a estabilizar la Tierra en su órbita actual, a una distancia lo suficientemente grande como para no ser calcinada por el Sol, y lo suficientemente cercana como para no congelarse y, lo más relevante, para que su agua fuera líquida, un estado francamente excepcional del H_2O en el resto del Universo.

Esta precisa franja de idoneidad no deja de sorprender a los científicos. La Luna dinamizó y estabilizó a su pareja preparándola para parir una vida susceptible de evolucionar. La planetas gigantes le enviaron agua una vez que hubo completado su formación inicial. Nótese que cualquier cantidad de agua que estuviera presente en la Tierra antes de ese periodo de formación se habría disipado por el exceso de calor y la falta de atmósfera. Las órbitas planetarias se estabilizaron lo suficiente como para suavizar la violencia que había generado el sistema solar, excepto algún que otro meteorito cargado de bacterias y aminoácidos con el que la Tierra fue acertadamente inseminada, lo que se conoce como panspermia, una hipótesis aceptada científicamente aunque no poco controvertida. ¡Menuda carambola!

"La Tierra se presenta idóneamente diseñada para el desarrollo de la vida".

La privilegiada posición de la Tierra posibilita que el agua se mantenga líquida (entre 4º y 80ºC). Esto parece poca cosa, pero no lo es, y menos en un Universo con temperaturas que oscilan entre el cero absoluto (-270ºC) y la incandescencia de un Sol (más de 5.000ºC).

¿Qué tiene este líquido compuesto de dos moléculas de hidrógeno y una de oxígeno que le hace tan especial?

La vida se formó en el mar. Encontrar agua en un planeta se considera un vestigio de posible vida. Es el mayor dinamizador biológico. Todas la reacciones bioquímicas giran directa o indirectamente en torno a las moléculas del agua. Los animales vivimos embutidos en un cuerpo que no es más que un contenedor de agua con patas, un sofisticado traje que nos permite existir fuera del mar. Estamos compuestos por un 70% de agua, igual que la superficie de nuestro querido planeta. ¡Vaya coincidencia! Incluso parece que el agua es capaz de almacenar información energética, como un gigantesco ordenador, aunque esto todavía está pendiente de plena aceptación por parte de la comunidad científica.

Lo que sí está fuera ya de toda especulación es que el ser humano es un campo de energía. Atómicamente la distancia que separa la piel de su entorno es indistinguible de la que separa las moléculas de nuestra propia carne. Desde una perspectiva cuántica estamos constituidos por vacío en un 99.9%, igual que todo lo que nos rodea.

La sensación de tocar algo es ficticia. No tocamos nada. Son los campos electromagnéticos de los materiales los que nos provocan la sensación de solidez. Las moléculas que construyen nuestro cuerpo se organizan de la forma en que lo hacen porque obedecen a campos de información y de energía. Cuando esta información se disgrega, el sistema pierde su energía y la vida desparece.

Los biólogos han podido diseccionar los procesos bioquímicos hasta límites increíbles, aun así nadie ha conseguido descifrar todavía el misterio de la abiogénesis, es decir de la capacidad de dotar a la materia inerte de vida, como ocurrió con Frankenstein. Los mecanismos del nacimiento se conocen en detalle, pero la generación de la vida a todos los niveles es un absoluto milagro, aunque lo demos por hecho. ¡Es que hay niños mimados hasta en las mejores familias!

Lo fascinante de todos los procesos descritos, desde la formación de las galaxias, pasando por nuestro planeta y hasta la propia vida, es que todos obedecen a las mismas leyes. La física rige las bases de los procesos químicos y termodinámicos tanto a nivel molecular como intergaláctico. Y aquí llegamos a lo más curioso. Si la creación de nuestro planeta fue ajustada para favorecer la vida, también lo han sido las leyes de la física. ¿Cómo podemos saberlo? Reputados científicos han modelado escenarios diversos llegando a la conclusión de que una mínima variación de la relación entre la fuerza electromagnética y la gravitatoria daría como resultado un Universo inerte, o bien uno excesivamente violento; ambas opciones serían inadecuadas para albergar vida.

"Las leyes de la Física están milimétricamente ajustadas para crear un Universo en el que la vida sea posible".

Pero hay más. Si la medida de la eficacia de la fusión del hidrógeno en helio, el motor de las estrellas, variase más de un 10%, la química compleja no sería posible, ni tampoco existirían los elementos de la tabla periódica. El parámetro de densidad entre la masa del Universo y la fuerza de la gravedad está ajustado con tal finura que una mínima variación impediría la formación de las estrellas o implicaría su colapso inmediato. Hay otras constantes afinadas con la misma precisión pero una peculiarmente interesante afecta al número de dimensiones. Complejas simulaciones matemáticas han demostrado que la vida que conocemos solo puede desarrollarse en un Universo con tres dimensiones espaciales y una temporal. ¡Toma ya!

Los críticos de la teoría de un Universo finamente ajustado alegan varios argumentos. Algunos afirman que el Universo podría funcionar a pesar de algunas minusvalías en sus leyes físicas, o sea que si el Sol no estornuda o una galaxia no se tropieza todo irá bien. Otros postulan que existen muchos universos paralelos y que justo en este las cosas se confabulan a favor de la vida inteligente; y si no está de acuerdo vaya a preguntarle a otro universo a ver qué opinan allí. También es interesante quien afirma que el trabajo de ajuste fino es una chapuza. Si alguien diseñó este Universo para que pudiera albergar vida inteligente ¿por qué lo hizo viable en un esquina perdida del Cosmos? Ya que el resto resulta indiscutiblemente inhóspito.

De cualquier manera, el Universo que habitamos es este, y resulta altamente sospechoso de seguir un diseño inteligente para albergar vida. Las motivaciones del Creador sobre lo poco hospitalario que resulta en general, excepto por el pequeño consulado en el que nos hallamos refugiados, las sabrá él. Quizá un buen psicoanálisis de la personalidad del dios del *Antiguo Testamento* podría darnos una idea. ¡Que Dios nos ampare, pero que no sea ese, por favor!

3

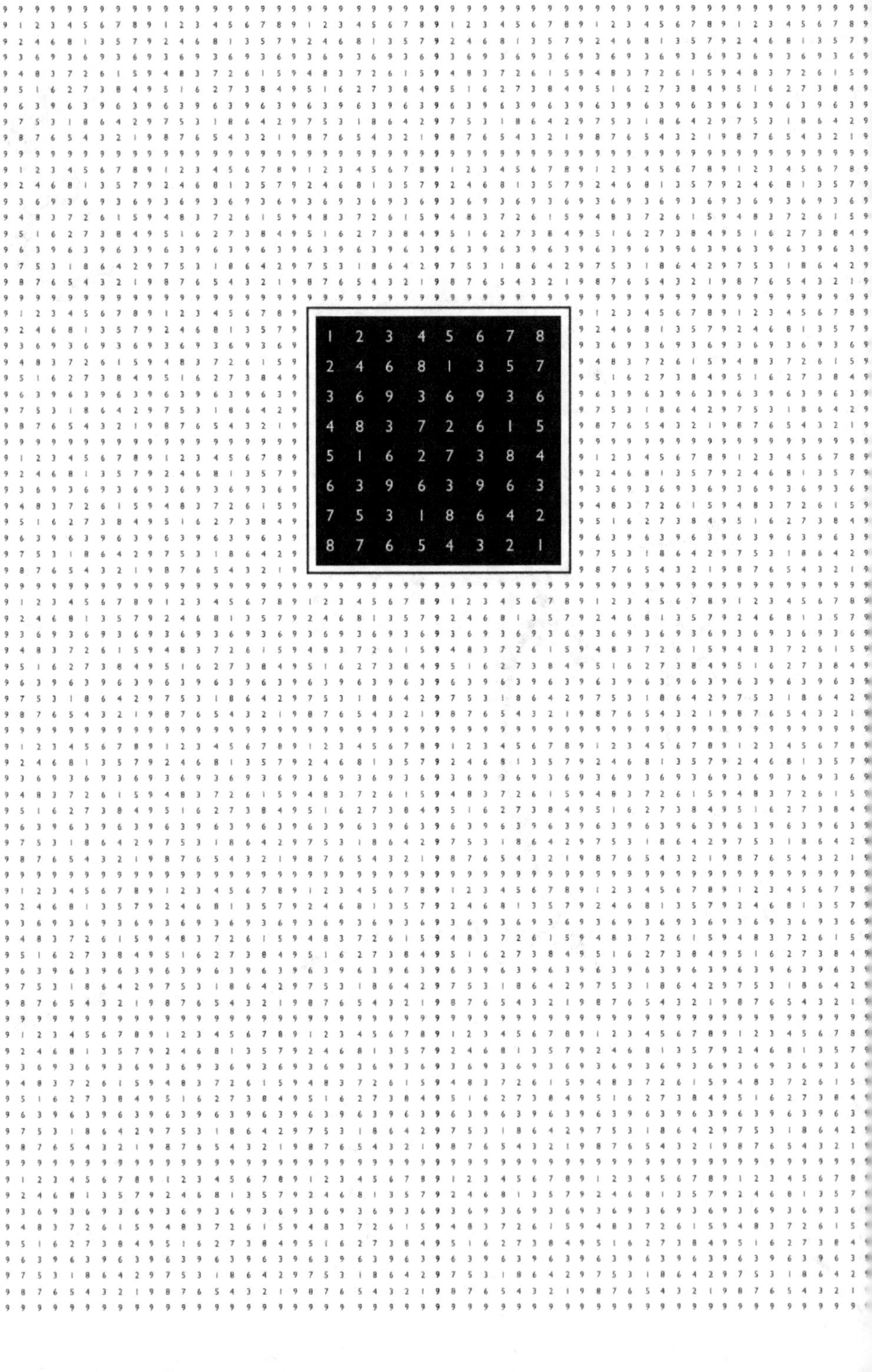

```
9 9 9 9 9 9 9 9 9 9 9 9 9 9 9 9 9 9 9 9 9 9 9 9 9 9 9 9 9 9 9 9 9 9 9 9 9 9 9 9 9 9 9 9 9 9 9 9 9 9 9 9 9 9 9 9 9 9 9 9 9 9 9 9 9 9 9 9 9 9 9 9 9
9 1 2 3 4 5 6 7 8 9 1 2 3 4 5 6 7 8 9 1 2 3 4 5 6 7 8 9 1 2 3 4 5 6 7 8 9 1 2 3 4 5 6 7 8 9 1 2 3 4 5 6 7 8 9 1 2 3 4 5 6 7 8 9 1 2 3 4 5 6 7 8 9
9 2 4 6 8 1 3 5 7 9 2 4 6 8 1 3 5 7 9 2 4 6 8 1 3 5 7 9 2 4 6 8 1 3 5 7 9 2 4 6 8 1 3 5 7 9 2 4 6 8 1 3 5 7 9 2 4 6 8 1 3 5 7 9 2 4 6 8 1 3 5 7 9
9 3 6 9 3 6 9 3 6 9 3 6 9 3 6 9 3 6 9 3 6 9 3 6 9 3 6 9 3 6 9 3 6 9 3 6 9 3 6 9 3 6 9 3 6 9 3 6 9 3 6 9 3 6 9 3 6 9 3 6 9 3 6 9 3 6 9 3 6 9 3 6 9
9 4 8 3 7 2 6 1 5 9 4 8 3 7 2 6 1 5 9 4 8 3 7 2 6 1 5 9 4 8 3 7 2 6 1 5 9 4 8 3 7 2 6 1 5 9 4 8 3 7 2 6 1 5 9 4 8 3 7 2 6 1 5 9 4 8 3 7 2 6 1 5 9
9 5 1 6 2 7 3 8 4 9 5 1 6 2 7 3 8 4 9 5 1 6 2 7 3 8 4 9 5 1 6 2 7 3 8 4 9 5 1 6 2 7 3 8 4 9 5 1 6 2 7 3 8 4 9 5 1 6 2 7 3 8 4 9 5 1 6 2 7 3 8 4 9
9 6 3 9 6 3 9 6 3 9 6 3 9 6 3 9 6 3 9 6 3 9 6 3 9 6 3 9 6 3 9 6 3 9 6 3 9 6 3 9 6 3 9 6 3 9 6 3 9 6 3 9 6 3 9 6 3 9 6 3 9 6 3 9 6 3 9 6 3 9 6 3 9
9 7 5 3 1 8 6 4 2 9 7 5 3 1 8 6 4 2 9 7 5 3 1 8 6 4 2 9 7 5 3 1 8 6 4 2 9 7 5 3 1 8 6 4 2 9 7 5 3 1 8 6 4 2 9 7 5 3 1 8 6 4 2 9 7 5 3 1 8 6 4 2 9
9 8 7 6 5 4 3 2 1 9 8 7 6 5 4 3 2 1 9 8 7 6 5 4 3 2 1 9 8 7 6 5 4 3 2 1 9 8 7 6 5 4 3 2 1 9 8 7 6 5 4 3 2 1 9 8 7 6 5 4 3 2 1 9 8 7 6 5 4 3 2 1 9
9 9 9 9 9 9 9 9 9 9 9 9 9 9 9 9 9 9 9 9 9 9 9 9 9 9 9 9 9 9 9 9 9 9 9 9 9 9 9 9 9 9 9 9 9 9 9 9 9 9 9 9 9 9 9 9 9 9 9 9 9 9 9 9 9 9 9 9 9 9 9 9 9
9 1 2 3 4 5 6 7 8 9 1 2 3 4 5 6 7 8 9 1 2 3 4 5 6 7 8 9 1 2 3 4 5 6 7 8 9 1 2 3 4 5 6 7 8 9 1 2 3 4 5 6 7 8 9 1 2 3 4 5 6 7 8 9 1 2 3 4 5 6 7 8 9
9 2 4 6 8 1 3 5 7 9 2 4 6 8 1 3 5 7 9 2 4 6 8 1 3 5 7 9 2 4 6 8 1 3 5 7 9 2 4 6 8 1 3 5 7 9 2 4 6 8 1 3 5 7 9 2 4 6 8 1 3 5 7 9 2 4 6 8 1 3 5 7 9
9 3 6 9 3 6 9 3 6 9 3 6 9 3 6 9 3 6 9 3 6 9 3 6 9 3 6 9 3 6 9 3 6 9 3 6 9 3 6 9 3 6 9 3 6 9 3 6 9 3 6 9 3 6 9 3 6 9 3 6 9 3 6 9 3 6 9 3 6 9 3 6 9
9 4 8 3 7 2 6 1 5 9 4 8 3 7 2 6 1 5 9 4 8 3 7 2 6 1 5 9 4 8 3 7 2 6 1 5 9 4 8 3 7 2 6 1 5 9 4 8 3 7 2 6 1 5 9 4 8 3 7 2 6 1 5 9 4 8 3 7 2 6 1 5 9
9 5 1 6 2 7 3 8 4 9 5 1 6 2 7 3 8 4 9 5 1 6 2 7 3 8 4 9 5 1 6 2 7 3 8 4 9 5 1 6 2 7 3 8 4 9 5 1 6 2 7 3 8 4 9 5 1 6 2 7 3 8 4 9 5 1 6 2 7 3 8 4 9
9 6 3 9 6 3 9 6 3 9 6 3 9 6 3 9 6 3 9 6 3 9 6 3 9 6 3 9 6 3 9 6 3 9 6 3 9 6 3 9 6 3 9 6 3 9 6 3 9 6 3 9 6 3 9 6 3 9 6 3 9 6 3 9 6 3 9 6 3 9 6 3 9
9 7 5 3 1 8 6 4 2 9 7 5 3 1 8 6 4 2 9 7 5 3 1 8 6 4 2 9 7 5 3 1 8 6 4 2 9 7 5 3 1 8 6 4 2 9 7 5 3 1 8 6 4 2 9 7 5 3 1 8 6 4 2 9 7 5 3 1 8 6 4 2 9
9 8 7 6 5 4 3 2 1 9 8 7 6 5 4 3 2 1 9 8 7 6 5 4 3 2 1 9 8 7 6 5 4 3 2 1 9 8 7 6 5 4 3 2 1 9 8 7 6 5 4 3 2 1 9 8 7 6 5 4 3 2 1 9 8 7 6 5 4 3 2 1 9
```

Central inset box:

```
1 2 3 4 5 6 7 8
2 4 6 8 1 3 5 7
3 6 9 3 6 9 3 6
4 8 3 7 2 6 1 5
5 1 6 2 7 3 8 4
6 3 9 6 3 9 6 3
7 5 3 1 8 6 4 2
8 7 6 5 4 3 2 1
```

```
9 9 9 9 9 9 9 9 9 9 9 9 9 9 9 9 9 9 9 9 9 9 9 9 9 9 9 9 9 9 9 9 9 9 9 9 9 9 9 9 9 9 9 9 9 9 9 9 9 9 9 9 9 9 9 9 9 9 9 9 9 9 9 9 9 9 9 9 9 9 9 9 9
9 1 2 3 4 5 6 7 8 9 1 2 3 4 5 6 7 8 9 1 2 3 4 5 6 7 8 9 1 2 3 4 5 6 7 8 9 1 2 3 4 5 6 7 8 9 1 2 3 4 5 6 7 8 9 1 2 3 4 5 6 7 8 9 1 2 3 4 5 6 7 8 9
9 2 4 6 8 1 3 5 7 9 2 4 6 8 1 3 5 7 9 2 4 6 8 1 3 5 7 9 2 4 6 8 1 3 5 7 9 2 4 6 8 1 3 5 7 9 2 4 6 8 1 3 5 7 9 2 4 6 8 1 3 5 7 9 2 4 6 8 1 3 5 7 9
9 3 6 9 3 6 9 3 6 9 3 6 9 3 6 9 3 6 9 3 6 9 3 6 9 3 6 9 3 6 9 3 6 9 3 6 9 3 6 9 3 6 9 3 6 9 3 6 9 3 6 9 3 6 9 3 6 9 3 6 9 3 6 9 3 6 9 3 6 9 3 6 9
9 4 8 3 7 2 6 1 5 9 4 8 3 7 2 6 1 5 9 4 8 3 7 2 6 1 5 9 4 8 3 7 2 6 1 5 9 4 8 3 7 2 6 1 5 9 4 8 3 7 2 6 1 5 9 4 8 3 7 2 6 1 5 9 4 8 3 7 2 6 1 5 9
9 5 1 6 2 7 3 8 4 9 5 1 6 2 7 3 8 4 9 5 1 6 2 7 3 8 4 9 5 1 6 2 7 3 8 4 9 5 1 6 2 7 3 8 4 9 5 1 6 2 7 3 8 4 9 5 1 6 2 7 3 8 4 9 5 1 6 2 7 3 8 4 9
9 6 3 9 6 3 9 6 3 9 6 3 9 6 3 9 6 3 9 6 3 9 6 3 9 6 3 9 6 3 9 6 3 9 6 3 9 6 3 9 6 3 9 6 3 9 6 3 9 6 3 9 6 3 9 6 3 9 6 3 9 6 3 9 6 3 9 6 3 9 6 3 9
9 7 5 3 1 8 6 4 2 9 7 5 3 1 8 6 4 2 9 7 5 3 1 8 6 4 2 9 7 5 3 1 8 6 4 2 9 7 5 3 1 8 6 4 2 9 7 5 3 1 8 6 4 2 9 7 5 3 1 8 6 4 2 9 7 5 3 1 8 6 4 2 9
9 8 7 6 5 4 3 2 1 9 8 7 6 5 4 3 2 1 9 8 7 6 5 4 3 2 1 9 8 7 6 5 4 3 2 1 9 8 7 6 5 4 3 2 1 9 8 7 6 5 4 3 2 1 9 8 7 6 5 4 3 2 1 9 8 7 6 5 4 3 2 1 9
9 9 9 9 9 9 9 9 9 9 9 9 9 9 9 9 9 9 9 9 9 9 9 9 9 9 9 9 9 9 9 9 9 9 9 9 9 9 9 9 9 9 9 9 9 9 9 9 9 9 9 9 9 9 9 9 9 9 9 9 9 9 9 9 9 9 9 9 9 9 9 9 9
9 1 2 3 4 5 6 7 8 9 1 2 3 4 5 6 7 8 9 1 2 3 4 5 6 7 8 9 1 2 3 4 5 6 7 8 9 1 2 3 4 5 6 7 8 9 1 2 3 4 5 6 7 8 9 1 2 3 4 5 6 7 8 9 1 2 3 4 5 6 7 8 9
9 2 4 6 8 1 3 5 7 9 2 4 6 8 1 3 5 7 9 2 4 6 8 1 3 5 7 9 2 4 6 8 1 3 5 7 9 2 4 6 8 1 3 5 7 9 2 4 6 8 1 3 5 7 9 2 4 6 8 1 3 5 7 9 2 4 6 8 1 3 5 7 9
9 3 6 9 3 6 9 3 6 9 3 6 9 3 6 9 3 6 9 3 6 9 3 6 9 3 6 9 3 6 9 3 6 9 3 6 9 3 6 9 3 6 9 3 6 9 3 6 9 3 6 9 3 6 9 3 6 9 3 6 9 3 6 9 3 6 9 3 6 9 3 6 9
9 4 8 3 7 2 6 1 5 9 4 8 3 7 2 6 1 5 9 4 8 3 7 2 6 1 5 9 4 8 3 7 2 6 1 5 9 4 8 3 7 2 6 1 5 9 4 8 3 7 2 6 1 5 9 4 8 3 7 2 6 1 5 9 4 8 3 7 2 6 1 5 9
9 5 1 6 2 7 3 8 4 9 5 1 6 2 7 3 8 4 9 5 1 6 2 7 3 8 4 9 5 1 6 2 7 3 8 4 9 5 1 6 2 7 3 8 4 9 5 1 6 2 7 3 8 4 9 5 1 6 2 7 3 8 4 9 5 1 6 2 7 3 8 4 9
9 6 3 9 6 3 9 6 3 9 6 3 9 6 3 9 6 3 9 6 3 9 6 3 9 6 3 9 6 3 9 6 3 9 6 3 9 6 3 9 6 3 9 6 3 9 6 3 9 6 3 9 6 3 9 6 3 9 6 3 9 6 3 9 6 3 9 6 3 9 6 3 9
9 7 5 3 1 8 6 4 2 9 7 5 3 1 8 6 4 2 9 7 5 3 1 8 6 4 2 9 7 5 3 1 8 6 4 2 9 7 5 3 1 8 6 4 2 9 7 5 3 1 8 6 4 2 9 7 5 3 1 8 6 4 2 9 7 5 3 1 8 6 4 2 9
9 8 7 6 5 4 3 2 1 9 8 7 6 5 4 3 2 1 9 8 7 6 5 4 3 2 1 9 8 7 6 5 4 3 2 1 9 8 7 6 5 4 3 2 1 9 8 7 6 5 4 3 2 1 9 8 7 6 5 4 3 2 1 9 8 7 6 5 4 3 2 1 9
9 9 9 9 9 9 9 9 9 9 9 9 9 9 9 9 9 9 9 9 9 9 9 9 9 9 9 9 9 9 9 9 9 9 9 9 9 9 9 9 9 9 9 9 9 9 9 9 9 9 9 9 9 9 9 9 9 9 9 9 9 9 9 9 9 9 9 9 9 9 9 9 9
```

3. A BUEN ENTENDEDOR POCAS PALABRAS BASTAN

EL NOMBRE DE DIOS

¡Y tan pocas!

Le voy a mostrar la firma de Dios, pero se va a quedar tal cual.

Así que le pido que me dé la oportunidad de profundizar en lo que le presento. Antes de entrar en mayores explicaciones le adelantaré que esta matriz de números es el común denominador de todos los números hasta el infinito.

Obsérvela.

Permita que permee su interior.

Sintonice con sus resonancias.

Ya tendrá tiempo de asombrarse según vayamos desgranando algunos de sus entresijos. Lo más bonito es que, a pesar de estar constituida por números, las relaciones entre sus cifras se acercan más a la poesía que a las matemáticas, igual que los *Upanishads* describiendo los intangibles conceptos del universo cuántico.

Estimado lector/lectora, he aquí el nombre de Dios.

¡Tachán!

1	2	3	4	5	6	7	8
2	4	6	8	1	3	5	7
3	6	9	3	6	9	3	6
4	8	3	7	2	6	1	5
5	1	6	2	7	3	8	4
6	3	9	6	3	9	6	3
7	5	3	1	8	6	4	2
8	7	6	5	4	3	2	1

"El nombre de Dios es una matriz de números".

Yo tampoco me lo creería, así de golpe y sin avisar, pero esta matriz rezuma algo, ¿no es cierto? Esa mezcla de misterio y sencillez, de poder y elegancia, de atracción y trascendencia, como cuando nos enamoramos. Quizá esto me pasa a mí que llevo coqueteando con ella muchos años, y espero poder transmitírselo a usted también.

¿Cómo se genera esta matriz?

Yo no me la he inventado ni me he puesto a colocar números al buen tuntún para ver cómo quedaban mejor. La he encontrado. La primera vez que la vi me quedé como usted ahora, tal cual. He tardado tiempo en sintonizar con su armonía y en bucear en su complejidad. Encierra un gran poder, puesto que realmente es el nombre de Dios.

Primero explicaré de dónde sale. Luego me adentraré en algunos de sus entresijos y finalmente demostraré por qué afirmo la tremenda osadía de que esta matriz es el nombre de Dios.

Su origen empieza aquí: 1+1=2

Sin embargo, dos 1 no son lo mismo que un 2.

1+1+1=3; sin embargo, tres 1 no son lo mismo que un 3.

2+2=4; sin embargo, dos 2 no son lo mismo que un 4.

3+3+3+3=12; sin embargo, cuatro 3 no son lo mismo que un 12.

"La matriz surge de un concepto elemental, 1+1=2. Pero dos 1 no son lo mismo que un 2".

Y así podríamos seguir hasta desmayar del aburrimiento, pero creo que con estos ejemplos la premisa de partida queda suficientemente clara.

La extrapolación de este concepto en todas sus múltiples combinaciones se ordena elegantemente en la tabla de multiplicar, puesto que esta expone todas las posibilidades que alberga cada número entero de combinarse consigo mismo.

1x1	1x2	1x3	1x4	1x5	1x6	1x7	1x8	1x9	1x10	1x11	1x12	...∞
2x1	2x2	2x3	2x4	2x5	2x6	2x7	2x8	2x9	2x10	2x11	2x12	...∞
3x1	3x2	3x3	3x4	3x5	3x6	3x7	3x8	3x9	3x10	3x11	3x12	...∞
4x1	4x2	4x3	4x4	4x5	4x6	4x7	4x8	4x9	4x10	4x11	4x12	...∞
5x1	5x2	5x3	5x4	5x5	5x6	5x7	5x8	5x9	5x10	5x11	5x12	...∞
6x1	6x2	6x3	6x4	6x5	6x6	6x7	6x8	6x9	6x10	6x11	6x12	...∞
7x1	7x2	7x3	7x4	7x5	7x6	7x7	7x8	7x9	7x10	7x11	7x12	...∞

...∞

"Esta premisa se ordena elegantemente en la tabla de multiplicar".

Ahora vamos a aplicar una vieja operación a toda la tabla de multiplicar.

¿A toda?

Sí, a toda, aunque no hace falta ser exhaustivos. Bastará con un muestreo suficiente entre su infinita oferta de combinaciones. Yo escogeré como muestra el inicio, porque es más sencillo de explicar, pero usted es libre de probarlo en cualquier zona de la tabla de multiplicar para corroborarlo.

Esta vieja operación resulta un poco heterodoxa en el entorno de las matemáticas actuales pero es tan vieja como sumar. Vamos a hallar el valor esencial de todos los resultados de la tabla de multiplicar a ver qué pasa. Para ello emplearemos una operación que los antiguos griegos llamaban *isopsefía* y los hebreos *gematría*.

Esta herramienta asignaba a cada letra del alfabeto un número (A=1, B=2, C=3, etc.). Los números grandes se convertían así en palabras que eran más fáciles de recordar. De forma recíproca las palabras dotaron a los números de significados. Palabras y frases se transformaban en sus equivalentes numéricos y luego se reducían a sus cifras esenciales. La cantidad de rompecabezas que posibilita esta técnica entretiene a numerólogos y cabalistas desde tiempos inmemoriales, quienes en ocasiones llegan a resultados que dan mucho que pensar.

En nuestro caso, lo que nos interesa de esta técnica es la reducción de los números a sus cifras esenciales, a su alma numérica, ya que las letras de los idiomas no juegan ningún papel en la formulación del nombre de Dios pero el alma de los números sí.

La reducción de un número se obtiene mediante la suma de las cifras que lo componen, lo que en última instancia resulta en una sola cifra. Veamos unos ejemplos:

12=1+2=3
457=4+5+7=16=1+6=7
82039=8+2+0+3+9=22=2+2=4

Ahora apliquemos la *gematría* a los resultados de la tabla de multiplicar, es decir, sumemos las cifras resultantes de cada multiplicación. He optado por presentar el resultado como si fuera una potencia numérica, pero no lo es. Es una licencia de presentación que me he tomado en aras de la eficacia de la explicación.

Número resultante de la gematría Número resultante de la multiplicación

1 001	**2** 002	**3** 003	**4** 004	**5** 005	**6** 006	**7** 007	**8** 008	**9** 009	1 010	2 011	3 012	4 013	5 014	6 015	...∞
2 002	**4** 004	**6** 006	**8** 008	**1** 010	**3** 012	**5** 014	**7** 016	**9** 018	2 020	4 022	6 024	8 026	1 028	3 030	...∞
3 003	**6** 006	**9** 009	**3** 012	**6** 015	**9** 018	**3** 021	**6** 024	9 027	3 030	6 033	9 036	3 039	6 042	9 045	...∞
4 004	**8** 008	**3** 012	**7** 016	**2** 020	**6** 024	**1** 028	**5** 032	9 036	4 040	8 044	3 048	7 052	2 056	6 060	...∞
5 005	**1** 010	**6** 015	**2** 020	**7** 025	**3** 030	**8** 035	**4** 040	9 045	5 050	1 055	6 060	2 065	7 070	3 075	...∞
6 006	**3** 012	**9** 018	**6** 024	**3** 030	**9** 036	**6** 042	**3** 048	9 054	6 060	3 066	9 072	6 078	3 084	9 090	...∞
7 007	**5** 014	**3** 021	**1** 028	**8** 035	**6** 042	**4** 049	**2** 056	9 063	7 070	5 077	3 084	1 091	8 098	6 105	...∞
8 008	**7** 016	**6** 024	**5** 032	**4** 040	**3** 048	**2** 056	**1** 064	9 072	8 080	7 088	6 096	5 104	4 112	3 120	...∞
9 009	**9** 018	**9** 027	**9** 036	**9** 045	**9** 054	**9** 063	**9** 072	9 081	9 090	9 099	9 108	9 117	9 140	9 135	...∞
1 010	2 020	3 030	4 040	5 050	6 060	7 070	8 080	9 090	**1** 100	**2** 110	**3** 120	**4** 130	**5** 154	**6** 150	...∞
2 011	4 022	6 033	8 044	1 055	3 066	5 077	7 088	9 099	**2** 110	**4** 121	**6** 132	**8** 143	**1** 168	**3** 165	...∞
3 012	6 024	9 036	3 048	6 060	9 072	3 084	6 096	9 108	**3** 120	**6** 132	**9** 144	**3** 156	**6** 182	**9** 180	...∞
4 013	8 026	3 039	7 052	2 065	6 078	1 091	5 104	9 117	**4** 130	**8** 143	**3** 156	**7** 169	**2** 196	**6** 195	...∞
5 014	1 028	6 042	2 056	7 070	3 084	8 098	4 112	9 126	**5** 140	**1** 154	**6** 168	**2** 182	**7** 210	**3** 210	...∞
6 015	3 030	9 045	6 060	3 075	9 090	6 105	3 120	9 135	**6** 150	**3** 165	**9** 180	**6** 195	**3** 224	**9** 225	...∞
7 016	5 032	3 048	1 064	8 080	6 096	4 112	2 128	9 144	**7** 160	**5** 176	**3** 192	**1** 208	**8** 238	**6** 240	...∞
8 017	7 034	6 051	5 068	4 085	3 102	2 119	1 136	9 153	**8** 170	**7** 187	**6** 204	**5** 221	**4** 252	**3** 255	...∞
9 018	9 036	9 054	9 072	9 090	9 108	9 126	9 144	9 162	**9** 180	**9** 198	**9** 216	**9** 234	**9** 266	**9** 270	...∞

...∞

Podemos extender esta operación hasta la saciedad y enseguida comprobaremos que el resultado es una matriz de números que se repite indefinidamente. Un aspecto curioso es que cada matriz se encuentra enmarcada por nueves, como la argamasa de una perpetua pared de ladrillos.

9	9	9	9	9	9	9	9	9	9
9	1	2	3	4	5	6	7	8	9
9	2	4	6	8	1	3	5	7	9
9	3	6	9	3	6	9	3	6	9
9	4	8	3	7	2	6	1	5	9
9	5	1	6	2	7	3	8	4	9
9	6	3	9	6	3	9	6	3	9
9	7	5	3	1	8	6	4	2	9
9	8	7	6	5	4	3	2	1	9
9	9	9	9	9	9	9	9	9	9

**"La reducción *-gematría-* de todos los números de
la tabla de multiplicar pone de manifiesto una matriz
que se repite indefinidamente".**

Mediante esta sencilla operación descubrimos que la
matriz resultante de reducir todos las posibles combinaciones de cada número a su esencia encaja en una estructura
que bien podría considerarse el común denominador de todos los números enteros hasta el infinito.

1	2	3	4	5	6	7	8
2	4	6	8	1	3	5	7
3	6	9	3	6	9	3	6
4	8	3	7	2	6	1	5
5	1	6	2	7	3	8	4
6	3	9	6	3	9	6	3
7	5	3	1	8	6	4	2
8	7	6	5	4	3	2	1

**"La matriz es el común denominador de todos los
números hasta el infinito".**

Así es cómo se genera esta matriz. Como poco es curioso, ¿verdad?

Tampoco parece gran cosa a simple vista, desde luego
no como para aspirar a la categoría de firma de Dios. En todos los años que he pasado estudiándola lo primero que me
llamó la atención fue que no hallé ninguna referencia escrita
a nada parecido.

Me dediqué a investigar la Historia y a los grandes personajes de cuyos legados intelectuales y espirituales nos alimentamos hoy, como por ejemplo Buda, Zaratustra, Lao Tsé, Confucio, Pitágoras, la astrología y La Cábala, entre otros. Y me topé con algo inesperado. A pesar de lo diferentes que son los legados de estos personajes, sus postulados se pueden deducir y estructurar con exquisita precisión mediante esta matriz, como una llave mágica que se adapta a las más variopintas cerraduras. Descubrí que la sabiduría de muchos antiguos hacía referencia a la matriz, aunque esta no se percibía en la forma en la que está siendo desnudada ahora.

Antes de explorar este camino quiero matizar que cuando tratamos con Dios nos obligamos a transitar inevitablemente por el mundo de las religiones y las creencias, ya que Dios es su protagonista, de igual forma que las matemáticas lo son de la ciencia. Esto no significa que una creencia sea mejor que otra. Como veremos, cada una compone un color de los muchos que conforman el arcoíris.

Ahora toca explicar cómo las mentes, espíritus y corazones más brillantes del pasado conectaron con esta matriz y nos la contaron a su manera.

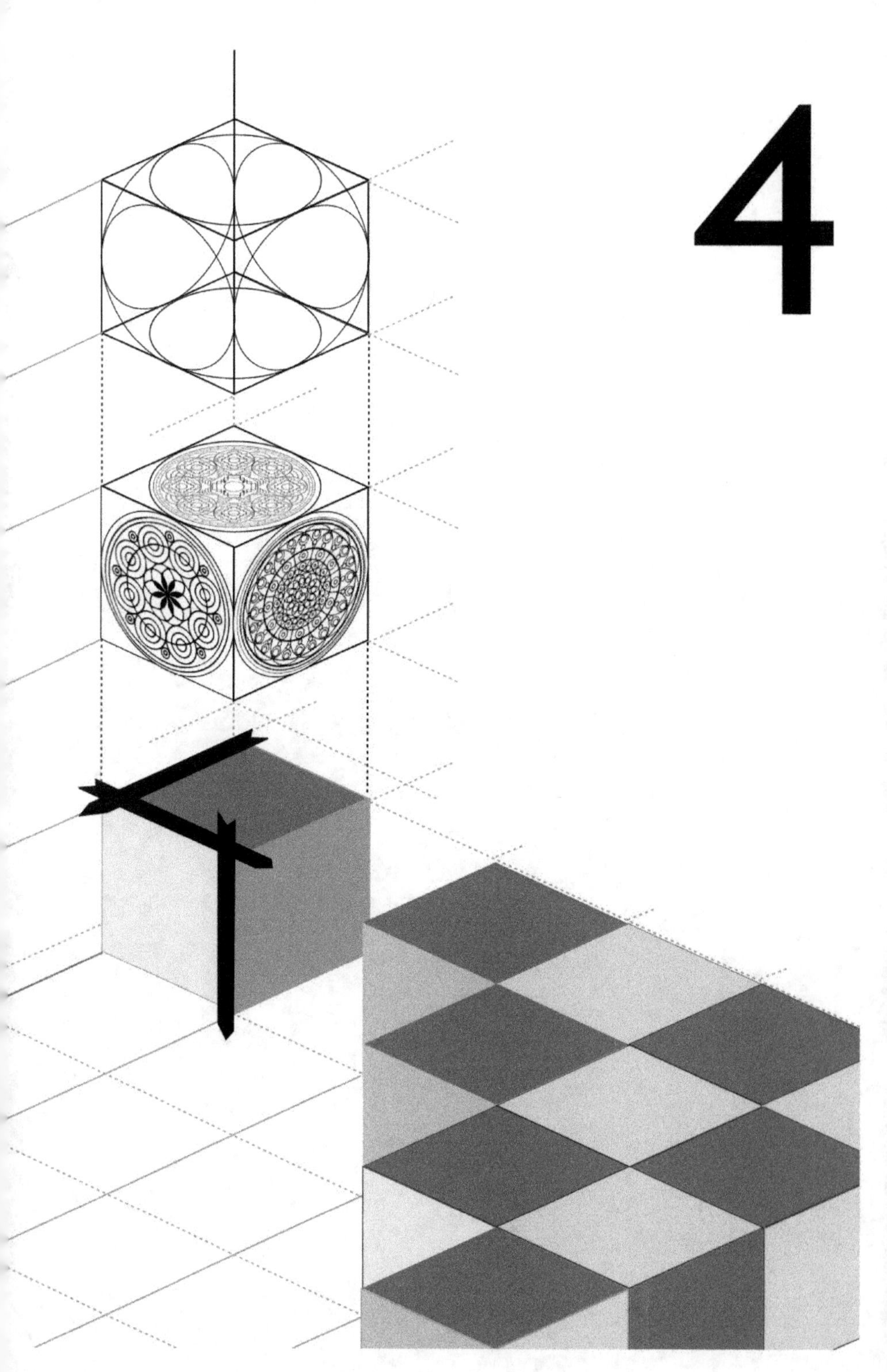

4

4. DEL DICHO AL HECHO HAY UN BUEN TRECHO

LOS CIMIENTOS DE NUESTRA CULTURA

Habría que cuestionarse si las personas del presente somos más inteligentes que las de antaño. Antropológicamente hablando somos los mismos desde hace más de 50.000 años. Si teletransportásemos a un hombre primitivo de aquellos tiempos remotos hasta hoy, tras un buen baño, manicura, peluquería, un traje adecuado y siempre que se mantuviera calladito, pasaría perfectamente por un nuevo vecino. Igual nos resultaba algo más bajito y más recio de lo habitual, pero si fuera al revés, cualquiera de nosotros le pareceríamos extremadamente blandengues y pusilánimes. ¡Las consecuencias del confort! ¡Ellos se lo pierden!

Lo que sí ha evolucionado exponencialmente es nuestra cultura, el resultado de asimilar y conservar lo aprendido desde incontables generaciones. La cultura permite el progreso intelectual de nuestra especie de modo similar a una escalera: cada nuevo peldaño nos permite subir más arriba. Hemos llegado tan alto que ya no recordamos que los planos de nuestro edificio fueron delineados hace bastante tiempo. Es fácil ampliar un piso cuando las estructuras de la construcción principal están bien asentadas. No lo sería tanto si tuviéramos que edificarlo de nuevo. Estos sólidos cimientos fueron asentados por personajes como Buda, Zaratustra, Lao Tsé, Confucio o Pitágoras, y el plano en el que se basaron fue, ni más ni menos, que la matriz del nombre de Dios.

¿Exagerado? Opínelo después.

"Los cimientos de nuestra cultura están arraigados en la matriz".

Uno de los pilares fundamentales de nuestra cultura es la dualidad, la creencia en el cuerpo y el espíritu, o el cuerpo y la mente si se prefiere, el bien y el mal, pares e impares, como es arriba es abajo... Durante siglos este concepto ha sido abanderado por las principales religiones, y *La Biblia* podría considerarse su libro de cabecera. En Oriente la idea es más sofisticada y se representa fidedignamente con el símbolo del Yin y el Yang, donde todo yin contiene una parte de yang y viceversa.

Consideramos muy nuestras ideas como el Juicio Final, que premia o castiga al alma inmortal con el Cielo o el Infierno, cohortes de ángeles y demonios que tientan nuestro camino, la existencia de un salvador que nos rescata de la figura del diablo mediante la resurrección. Cristianos y judíos podrían debatir largo y tendido sobre quién las representa mejor; los musulmanes discutirían menos porque alguna de estas ideas no les aplica. Sin embargo fue Zaratustra quien inyectó estas creencias en nuestra cultura a través de los judíos, tras propiciar su liberación del cautiverio babilónico y alentarlos a reconstruir su famoso templo de Salomón en su recuperada Jerusalén. El afán de protagonismo que nos caracteriza como especie pronto relegó al olvido las aportaciones del avatar persa. A él no le importó, mientras perdurasen sus ideas. Y lo han hecho.

Analicemos cómo la matriz desempaqueta el concepto de dualidad, desde su formulación más elemental hasta la más sofisticada que nos ofrece el Yin y el Yang.

1	2	3	4	5	6	7	8
2	4	6	8	1	3	5	7
3	6	9	3	6	9	3	6
4	8	3			6	1	5
5	1	6			3	8	4
6	3	9	6	3	9	6	3
7	5	3	1	8	6	4	2
8	7	6	5	4	3	2	1

Fig. 1. Yin Yang. La matriz se divide en dos partes simétricamente opuestas. Cada línea de cada mitad resalta una peculiaridad. En el centro, las proporciones de 7 partes de negro y 2 de blanco, y viceversa genera el Yin Yang.

Lo primero que observamos es que la matriz se divide por la mitad en dos partes simétricamente opuestas (Fig. 1). Es estructuralmente dual. Las cuatro líneas que componen cada mitad resaltan una peculiaridad. La primera está compuesta por números impares y pares intercalados y sucesivos, como los altibajos de cualquier recorrido. La segunda agrupa un bloque con todos los pares y otro bloque con todos los impares, indicando dos extremos muy polarizados. La tercera los distribuye asimétricamente sin que sigan un orden preestablecido, como a su libre albedrío, y la cuarta los reordena en estables y equilibradas parejas de pares e impares. Filosóficamente estas secuencias denotan las posibilidades de manifestación de la dualidad. Resulta interesante, aunque tampoco es ninguna pasada.

Si asignamos el color negro a los impares y el blanco a los pares, dibujamos un círculo y lo dividimos horizontalmente por la mitad obtenemos un resultado curioso. En la mitad superior distribuimos 7 partes de negro más 2 partes de blanco; hacemos lo contrario en la mitad inferior, 2 de negro y 7 de blanco, lo agitamos un poco, le damos unas vueltas y obtenemos ¡el símbolo del Yin Yang!

El Yin Yang simboliza con una magistral simplicidad la combinación de las proporciones 7/2 y 2/7 que se ubican en el corazón de la matriz, y de cuya importancia nos ocuparemos más adelante.

"La dualidad y el Yin y el Yang son inherentes a la estructura de la matriz".

Lao Tsé fue el autor del concepto del Tao y escribió un breve tratado con 81 poemas para transmitir su camino, el *Tao Te Ching*. Los taoístas dan mucha importancia a los números, principalmente al 0, al 1 y al 9, que es el que ordena la Creación. En la matriz hay un total de cuatro 9 distribuidos en las líneas tercera y sexta. Pero hay cinco más ocultos en su estructura. La suma de los números a lo largo de su eje vertical y horizontal da 9, igual que la suma de los cuatro números de su centro. Hay un total de nueve 9 en la matriz (Fig. 2). Curiosamente Lao Tsé, escribió su *Tao Te Ching* en 81 poemas (9x9) ¿Casualidad? Obsérvelo y medite un momento sobre cómo el 9 y la matriz se corresponden con el Tao.

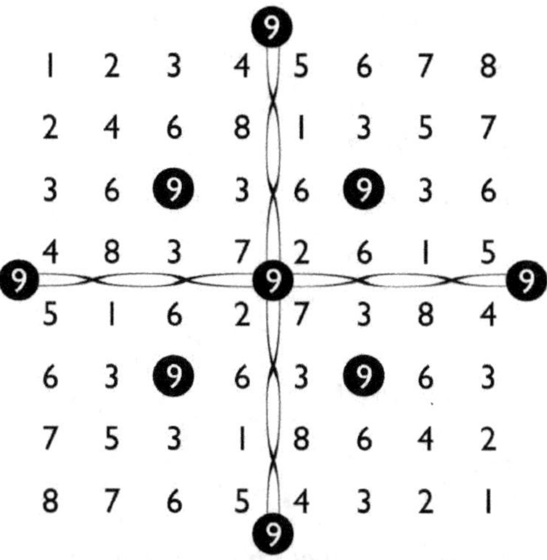

Fig. 2. Tao. En la matriz hay un total de cuatro 9 distribuidos en las líneas tercera y sexta. Pero hay cinco más ocultos en su estructura. La suma de los números a lo largo de su eje vertical y horizontal da 9, igual que la suma de los cuatro números de su centro. Hay un total de nueve 9 en la matriz. El 9 es el número sagrado del Tao. Lao Tsé escribió el *Tao Te Ching* en 81 poemas (9x9).

El Tao que puede expresarse no es el Tao absoluto.
Los nombres que pueden decirse
no son los nombres absolutos.
Lo Sin Nombre es el origen del Cielo y la Tierra.
Lo nombrado es la Madre de todas las cosas.
El secreto y sus manifestaciones
son de la misma naturaleza.
Reciben distintos nombres cuando se hacen manifiestos.

Tao Te Ching (1)

Antes de que el Cielo y la Tierra existieran ya había algo.
No conozco su nombre y lo llamo Tao.
El hombre sigue la ley de la Tierra;
la Tierra sigue la ley del Cielo;
el Cielo sigue la ley del Tao;
el Tao sigue su propia ley.

Tao Te Ching (25)

Del Tao nació el Uno;
del Uno, el Dos;
el Dos, el Tres;
del Tres todas las cosas.
Todas las cosas llevan el Yin a sus espaldas y el Yang
en la frente,
y alcanzan la armonía por la unión de estos dos
principios que todo lo llenan.

Tao Te Ching (42)

"El nueve está presente tanto en la simetría oculta
como visible de la matriz. Hay nueve 9".

A Pitágoras se le considera el fundador de las matemáticas y uno de los primeros grandes filósofos. Afirmaba que los números eran el origen de todas las cosas. No se refería a los números como los engranajes de las ecuaciones con las que los científicos diseccionan actualmente la realidad, sino que les otorgaba una entidad y una personalidad propia. La aritmética y la geometría, tal como refleja en su famoso teorema, constituían un modo de relacionarse, pero no era el único. La música era el lenguaje más sublime con el que se expresaban, al punto de que el Universo quedaba ordenado por la música de las esferas. Pitágoras, igual que otros filósofos presocráticos, puede sonar algo ingenuo, incluso chiflado, pero cuando se profundiza en sus teorías asombra la sabiduría que encierran sus enseñanzas. Pitágoras afirmaba que la Tetraktys se situaba en la raíz y el origen de toda la Creación.

La Tetraktys es una pirámide proporcionada así: 1, 2, 3 y 4. La suma de sus partes da 10, es decir que vuelve al 1 (1+0), a su punto de generación. Parece algo simple pero esta estructura ordena muchos aspectos de nuestra realidad.

Así que fue todo un descubrimiento cuando encontré que la Tetraktys quedaba definida por la propia estructura de la matriz del nombre de Dios. ¿Cómo? Dividiéndola en cuatro capas concéntricas y contando la cantidad de cifras que componen cada una. Así de simple. La siguiente ilustración aclarará a lo que me refiero (Fig 3).

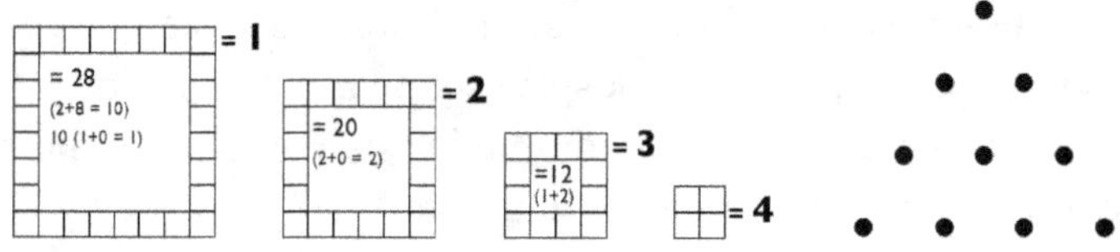

Fig. 3. Tetraktys. Se divide la matriz en cuatro capas concéntricas. Contamos la cantidad de cifras que componen cada una de ellas. La exterior, 28 cifras (2+8=10=1), la siguiente, 20 cifras (2+0=2), la tercera 12 y la interior, 4 cifras: 1, 2, 3 y 4.

La Tetraktys es una de las figuras más poderosas que permean nuestra cultura desde el anonimato. En la ciencia estructura las cuatro dimensiones del espacio-tiempo que, como ya hemos visto, son las únicas que posibilitan nuestra existencia. La religión, y más concretamente La Cábala, establece cómo es la pronunciación del nombre de Dios, YHVH, aunque ya trataremos este tema un poco más adelante. Entre medias hay un sinfín de disciplinas que ordenan sus aportaciones en función de esta estructura.

"La Tetraktys pitagórica surge de la cantidad de cifras que componen sus capas concéntricamente: 1, 2, 3 y 4".

Aportemos otra nueva perspectiva a la susodicha matriz. En lugar de contar las capas fijémonos en otro parámetro y veremos cómo encajan en ella las bases del budismo (Fig. 4).

La capa exterior es una secuencia del 1 al 8, luego desciende al 1, de ahí retrocede al 8, y de vuelta al 1, hasta cerrar el círculo. Así funciona la rueda del *dharma*, de la que nos podremos liberar si recorremos el noble camino ¡óctuple!

La siguiente capa está definida por cuatro esquinas, dos conjuntos de números pares y dos de impares. El 4 juega un importante papel en la doctrina de Buda: las cuatro nobles verdades a las que Buda despertó gracias a los cuatro encuentros que le instaron a emprender su camino: un anciano, un enfermo, un muerto y un asceta.

La tercera capa, que junto con las cuatro nobles verdes configura la realidad, está formada por las tres características de la existencia y se origina en un proceso de 12 eslabones. Esta capa está constituida por tres números múltiplos de 3 para un total de 12 cifras. ¡Hay que ver!

En el centro de la matriz se asienta el *karma*, que prescribe que las consecuencias de nuestros actos nos son devueltas con el mismo efecto e intensidad pero en sentido contrario. El reflejo inverso del 72 es precisamente el 27. ¿Interesante?

"Las bases de la filosofía de Buda encajan con la matriz: el camino óctuple, las cuatro verdades, el karma..."

Pues todavía hay más. ¿Se atreve a hacer sus propias conjeturas antes de seguir?

1	2	3	4	5	6	7	8
2	4	6	8	1	3	5	7
3	6	9	3	6	9	3	6
4	8	3	7	2	6	1	5
5	1	6	2	7	3	8	4
6	3	9	6	3	9	6	3
7	5	3	1	8	6	4	2
8	7	6	5	4	3	2	1

Fig. 4. Budismo. Observamos las cuatro capas concéntricas de la matriz desde otra perspectiva. La primera es una secuencia del 1 al 8 y del 8 al 1, la rueda del *dharma* y el camino óctuple. La siguiente son cuatro esquinas bien definidas de pares e impares, las cuatro nobles verdades. La tercera son los 12 eslabones de la existencia. En el centro está el *karma*, la ley que refleja nuestras acciones, igual que el 27 es reflejo del 72, y viceversa.

Antes de proseguir me gustaría aclarar que cada una de las interpretaciones de la matriz que presento sucintamente daría espacio a una extensa disertación. Me estoy limitando a resaltar aquellos aspectos que quedan estructurados por la matriz de forma directa. La finalidad de este libro es demostrar que esta matriz es el nombre de Dios y no perdernos entre sus deslumbrantes entresijos. Estamos constatando cómo ha estado presente en el pasado en múltiples formas.

5

5. ADIVINA, ADIVINANZA...

LA ESTRUCTURA DE LOS ORÁCULOS

Hemos visto cómo el concepto de dualidad, el Yin y el Yang, la ordenación mediante la Tetraktys pitagórica, las bases del budismo sobre qué es la realidad e incluso el indescriptible y escurridizo camino del Tao pueden encajar en la matriz con la que Dios firma su Creación. Son unas cuantas coincidencias, no poco relevantes, que ya de por sí nos deberían invitar a reflexionar, pero como la curiosidad es más voraz que la trascendencia, voy a continuar alimentándola.

Los oráculos son sistemas para adivinar el futuro que se utilizan desde tiempos inmemoriales. Son vistos con sorna por los científicos más tradicionalistas. Su capacidad de predicción es tan aleatoria como las herramientas que emplean. Sin embargo, a pesar de su carencia de avales, el sector de la adivinación mueve millones en dinero y personas, y no decrece precisamente.

¿Por qué?

En la mayor parte de los casos los videntes nos cuentan lo que queremos oír, reconfortan nuestras expectativas y animan nuestros sueños. Los agoreros se aprovechan de la enorme complejidad del ser humano, de las pistas que ofrece el oráculo durante su consulta y de la información que les ofrecemos al reaccionar ante dichas pistas para elaborar su perorata. No hay nada malo en ello. Habitualmente uno sale reconfortado de una consulta, creyendo que le va ir mejor, que se van a solucionar sus problemas, y es precisamente dicha actitud positiva la que suele favorecer que las cosas se resuelvan como esperamos.

Pero bajo este *coaching* «e-vidente» hay algo más. En ciertas ocasiones el oráculo arroja resultados de una precisión y complejidad que escapan a cualquier manipulación por parte del adivino o de los avatares del azar. Estas lecturas impactan nuestro rumbo actuando como puntos de inflexión de nuestro recorrido vital. También pasa algo parecido con algunos sueños. La gran mayoría son simplemente reconfortantes, pero hay algunos que nos invitan a replanteamientos trascendentes. Esto sucede así porque la matriz del nombre de Dios es la base que estructura los principales oráculos que conocemos, de hecho los más antiguos y consolidados: el *I Ching*, la astrología y el Tarot. En momentos puntuales en los que se alinean las circunstancias del cliente y las energías del invocador, el oráculo canaliza el poder inherente de esta matriz y los resultados nos sorprenden como una bofetada en la cara o un beso inesperado. Ya trataremos más adelante cómo se ejecuta la invocación del nombre de Dios. Por el momento centrémonos en cómo esta matriz estructura estos tres oráculos.

"Los oráculos más ancestrales y utilizados están estructurados en función de la matriz: el *I Ching*, la astrología y el Tarot".

Una sugerencia para los forofos de las adivinaciones. Si consideramos un oráculo como una posible manifestación del nombre de Dios, deberíamos presentarnos ante él con respeto, igual que cuando acudimos a un templo para rezar. Si el oráculo no nos respeta, jugará con nosotros y nos tomará el pelo con sus predicciones. La misión de un oráculo nunca es sustituir nuestra capacidad de decisión, y mucho menos eximirnos de la responsabilidad y las consecuencias de nuestros actos. La función de un oráculo es ayudarnos a situar los actores y circunstancias que nos influyen, y el sentido en el que nos encauzan, ya sea en el pasado, el presente y lo que se perfila en el futuro.

Ante cualquier consulta, la primera cuestión debería dirigirse siempre al oráculo, plantearle la naturaleza de nuestra incertidumbre y preguntarle si tiene a bien orientarnos. Los oráculos nos pueden ayudar en algunos momentos trascendentales, pero su función no es tomar decisiones por nosotros. Si la respuesta es negativa, continuar la consulta conducirá irremediablemente a predicciones confusas.

El *I Ching* se basa en arrojar tres monedas que pueden caer de cara (Yang) o de cruz (Yin). La combinación de los Yin Yang de las tres monedas indica una línea completa o partida. Seis líneas definen un hexagrama. Cada hexagrama presenta un texto con una respuesta a la consulta, si es que a los poemas del *I Ching* se les puede llamar respuesta, porque frecuentemente nos dejan más perplejos que compuestos.

El *I Ching* se atribuye erróneamente a Confucio porque este sabio se pasó buena parte de su vida estudiándolo y escribió un libro exhaustivo sobre su empleo e interpretación. También lo bautizó con el nombre de *I Ching (Tratado del cambio)*; anteriormente se le conocía como el *Oráculo de las transformaciones de Zhou*. Se trataba de una secreta colección de 64 hexagramas junto a los que el rey Wen Wang, el primero de la dinastía Zhou, y su hijo Wu, habían escrito una serie de comentarios de interpretación. Los emperadores chinos recurrían a este oráculo para valorar sus decisiones, el momento adecuado para tomarlas y el potencial impacto de las mismas.

Desde una perspectiva actual nos puede parecer ridículo que un gobernante acudiese a un oráculo para valorar sus decisiones; sin embargo las *Transformaciones de Zhou* guiaron las decisiones de esta dinastía durante más de cien generaciones. Los Zhou gobernaron un imperio chino durante unos 900 años (antes de Cristo), en una época donde la única otra civilización permanente fueron los egipcios. Hoy, a pesar de toda la modernidad y tecnología que nos rodea, ¿cuánto duran los imperios?

¿De dónde salen los 64 hexagramas del *I Ching*?

El cambio nace de la dinámica del Yin y el Yang (2^1), que forman las dos perspectivas del gran Uno (2^0), del Tao que fluye sin cesar, como el día y la noche. El Tao es la ley eterna e inmutable, subyacente en todo lo existente. Se transforma sin cesar, aunque su esencia permanece. Del Yin y el Yang nacen las cualidades de las cuatro líneas (2^2) porque tanto el Yin como el Yang pueden ser jóvenes o viejos en su continua re-evolución dentro de la unidad. Los ocho trigramas (2^3) constituyen los estados de transformación mediante los cuales el Tao interacciona con la realidad. Dichos estados reflejan en la Tierra lo que se fragua en el Cielo; de ahí surgen los 64 hexagramas, es decir la combinación de un estado de transformación (trigrama) terrenal en su interactuación con uno (trigrama) celestial ($2^{3\times2}$).

El *I Ching* presenta una complejidad de estudio bastante como para que el mismo Confucio considerase que toda su vida era insuficiente para aprenderlo. Lo relevante, a efectos de la matriz, es la coherencia numérica y conceptual que lo vertebra y que se deduce con meridiana claridad del nombre de Dios.

Si observamos las líneas de la matriz, nos percatamos de que todas ellas cuentan con todos los números del 1 al 8, excepto la tercera y la sexta líneas, que son incompletas en puesto y solo se componen de tres números, el 3, el 6 y el 9.

Por lo tanto podríamos afirmar que la matriz se divide en tres bloques de números completos separados por dos líneas incompletas. Si representamos gráficamente esta idea el resultado visual es uno de los trigramas (Fig. 5).

Fig. 5. Trigramas. Las líneas de la matriz incluyen todos los números del 1 al 8, excepto la tercera y la sexta líneas, que solo se componen de tres números, el 3, el 6 y el 9. La matriz se divide en tres bloques de números completos separados por dos líneas incompletas. Las combinaciones que permite la simetría axial de la matriz nos llevan a ocho posibles trigramas que se muestran en el centro de la figura.

La matriz cuenta con otra peculiaridad: su simetría axial, lo que permite «leer» las tiras completas en una dirección (Yin) o en la otra (Yang), de un lado a otro, de arriba abajo o viceversa. Este viceversa se puede representar acertadamente como las líneas partidas de cada posible trigrama, las cuales expresan gráficamente el complementario de las anteriores. Dicho de otro modo, podemos girar la matriz cuatro veces en una dirección y cuatro en la otra, indicando un total de ocho posibles variantes de su lectura, hecho que representan fielmente los ocho trigramas del *I Ching*.

Los ocho trigramas del *I Ching* describen gráficamente las combinaciones de Yin y Yang. Estos ocho trigramas se combinan entre sí para generar un total de 64 hexagramas. ¡La matriz se compone exactamente de 64 cifras!

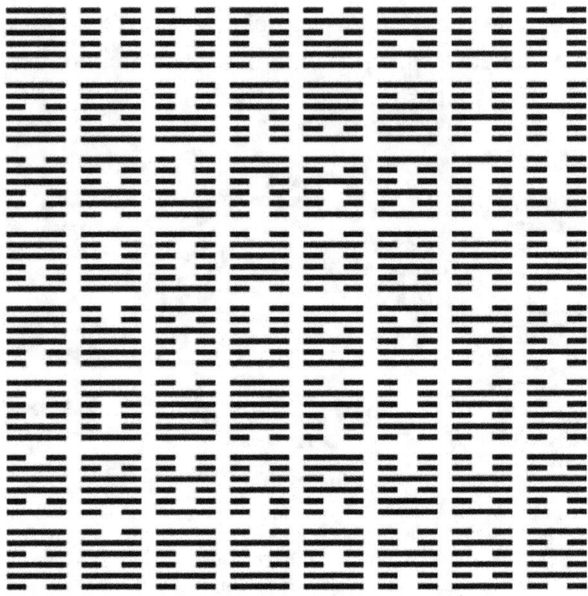

Fig. 6. *I Ching*. Los ocho trigramas se combinan entre sí para generar un total de 64 hexagramas, exactamente igual que la cantidad de cifras que componen la matriz.

"Los ocho trigramas y los 64 hexagramas del
I Ching encajan en la matriz de 8x8".

Intuyo que al lector ya le empiezan a resultar más interesantes las coincidencias que se derivan de este peculiar cuadrado de cifras que resulta ser el común denominador de todos los números hasta el infinito, y que se nos presenta sin más instrucciones que su propia presencia.

¡Vamos pues con otro oráculo!

"En las culturas antiguas, la astrología era una forma de clasificar la personalidad y entender la psicología".

La astrología, considerada una tremenda patraña por la ciencia actual, ha estado presente en la Historia de la humanidad desde la más remota antigüedad. Ha influido en el devenir de los acontecimientos y en las decisiones que nos han traído hasta hoy con una contundencia poco aceptable académicamente hablando. Al margen de sus «poderes predictivos», que no son otra cosa que el análisis de las influencias que nos afectan interior y exteriormente, los signos del zodiaco han conformado el primer análisis psicológico y anímico de los perfiles de personalidad del ser humano.

No hay una sola astrología. Los chinos tienen la suya propia, la India también y los mayas... La nuestra, la occidental, es una herencia de los sumerios, que también nos legaron unos conocimientos astronómicos cuyo origen todavía no somos capaces de dilucidar. Ellos afirman que se lo contaron los dioses. ¡Paparruchas! vociferan los científicos actuales. Vale, alegan otros eruditos; pero entonces, ¿cómo sabían todo lo que sabían?

Lo interesante es que no solo los sumerios, ni los babilonios, que asimilaron posteriormente su cultura, ni los persas, que tomaron el relevo, sino culturas desconectadas geográficamente y sin ningún contacto entre sí, como los chinos, también afirmaban que sus signos del zodiaco fueron un legado de sus dioses. Claro, hay que condescender que en aquel entonces Dios era como el comodín en una partida de cartas, o sea que solucionaba cualquier jugada. Pero resulta muy significativo que todos coincidieran en que su zodiaco se dividía en doce signos, ni más ni menos, y que los signos se clasificaran en función de los cuatro elementos: fuego, aire, agua y tierra. ¿Coincidencia?

"Los signos del zodiaco son 12, tanto para los occidentales como para los chinos".

Regresemos a nuestra inquietante matriz.

Analicémosla ahora concéntricamente, igual que cuando dedujimos la Tetraktys pitagórica.

Primera capa. Cuenta con veintiocho cifras que van del 1 al 8, luego bajan hasta el 1, para volver al 8 en sentido contrario y subir hasta la posición inicial. Aquí va una adivinanza: dura veintiocho días, decrece desde su plenitud hasta su desaparición y vuelve a crecer hasta su nueva plenitud. ¿Lo adivina? ¡Las fases de la Luna! Este precioso satélite que vela por la estabilidad de nuestro planeta inspira a poetas y enamorados, regula la gestación de la vida que está por nacer, y los biorritmos de quienes ya existimos (Fig. 7).

Segunda capa. Está compuesta por cuatro esquinas que agrupan en posiciones opuestas a todos los números pares y a todos los impares. ¿Le suena? La relación entre el Sol y la Tierra está marcada por cuatro momentos claves de su traslación y rotación: los equinoccios y los solsticios. Equinoccio quiere decir que su posición es exactamente igual a un lado que al otro, igual que los números pares se dividen en dos partes iguales. Solsticio quiere decir lo contrario: punto máximo o mínimo. No creo que haga falta explicar más cómo se corresponden los conceptos de par e impar con los equinoccios y los solsticios, y cómo esta capa de la matriz los agrupa inequívocamente indicando el ciclo que siguen en la naturaleza (Fig. 7).

Tercera capa. Es quizá menos obvia pero muchísimo más interesante cuando se desvela, puesto que nos define las peculiares características de cada uno de los signos del zodiaco. ¡Anda ya! Dicho así yo tampoco me lo creería, así que permítame explicarlo.

Fig. 7. Cosmos. La primera capa representa los dos días de las fases de la Luna. La segunda capa agrupa cuatro esquinas de números pares e impares, los equinoccios y los solsticios. La tercera capa define los signos del zodiaco. La cuarta capa indica la relación del hombre con el Cosmos.

Los signos del zodiaco se definen en función de dos parámetros: uno de ellos es el elemento al que pertenecen, que puede ser el fuego, el aire, el agua o la tierra. Otro es su modo. Hay signos cardinales, que coinciden con los solsticios o equinoccios, fijos y dobles, también llamados mudables.

La combinación entre ambos parámetros da como resultado doce signos del zodiaco con un elemento y modo único y diferente para cada uno. Por ejemplo, habrá tres signos de fuego, uno de ellos será cardinal, otro fijo y otro doble. Los mismo ocurre con cada elemento. Por otro lado hay cuatro signos cardinales, uno para cada elemento.

El elemento y el modo de cada signo del zodiaco son los que definen su personalidad y su compatibilidad con los demás signos, con quien nos llevamos mejor o peor. Básicamente, los signos de fuego se complementan mejor con los de aire, porque lo avivan, que con los de agua, que lo pueden apagar, y así... Cualquier manual básico de astrología explicará estos conceptos con más detalle si le interesan.

¿Cómo encajan estos parámetros en la tercera capa de la matriz?

Esta tercera capa está compuesta por doce cifras que repiten los números 9, 3 y 6. El 9 se encuentra «abrazado» o insertado en las esquinas de pares e impares, que representaban los equinoccios y los solsticios, indicando su relación con la cualidad cardinal. El 3 es el símbolo por excelencia de la estabilidad y de lo fijo, así que no hay mucho más que argumentar sobre ello. Y el 6 es el doble de 3, ¿no es así? Por lo tanto tenemos las tres cualidades o modos de los signos definidos por los tres números que se repiten en esta capa.

¿Y qué ocurre con los elementos? El aire es lo que está arriba, en el Cielo. La Tierra lo que está abajo, el suelo que pisamos. El agua cae en forma de lluvia, y el fuego siempre se eleva hacia arriba.

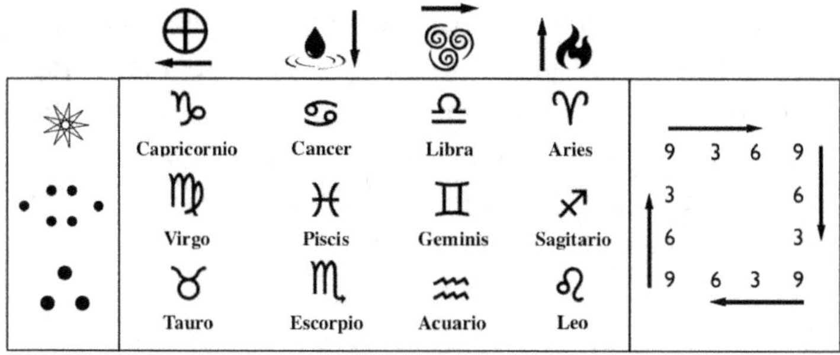

Fig. 8. Zodiaco. Cada signo del zodiaco se define por una combinación única de modo y elemento. La tercera capa está compuesta por 12 cifras que repiten los números 9, 3 y 6. El 9 se encuentra insertado en las esquinas de pares e impares que representaban los equinoccios y los solsticios, indicando su relación con la cualidad cardinal. El 3 es el símbolo por excelencia de la estabilidad y de lo fijo. Y el 6 es el doble de tres. Los tres modos se definen con el 9 (cardinal), 6 (doble) y 3 (fijo). Los elementos se establecen por la posición de los números. El aire es lo que está arriba, la Tierra lo que está abajo, el agua lo que cae o baja, y el fuego lo que sube.

La cuarta capa es el corazón del asunto. Manifiesta la relación del hombre con el Cosmos, más bien con la Creación. Lo trataremos en detalle después porque muy importante.

"La matriz identifica las fases de la Luna, los solsticios y los equinoccios, y las características de cada uno de los 12 signos del zodiaco".

Yo también me quedé con la boca abierta al llegar a este punto.

La matriz, no solo define conceptos filosóficos y abstractos como el Yin Yang, o la Tetraktys, sino que estructura una herramienta –*I Ching*– que monitoriza el cambio en el destino de las personas y se atreve a clasificar las tipologías de personalidad del ser humano mediante los signos del zodiaco. Aun más: establece los ciclos de la Luna y los del Sol –equinoccios y solsticios– para nuestro recóndito planeta, ese que ha sido meticulosamente diseñado para darnos cobijo. ¿Una matriz resultante de sintetizar algo tan ajeno e impersonal como la tabla de multiplicar nos apunta con el dedo? ¿Será posible? La respuesta es aún más inquietante.

6. Algunas Cábalas

Profundizando...

Vamos a adentrarnos un poco en el mundo de La Cábala.

No hace falta que la haya estudiado para entender lo que viene a continuación.

Históricamente La Cábala se comenzó a compilar en España en el siglo XII. La tradición mística sin embargo afirma que Dios le entregó La Cábala a Abraham, y que cuando sus descendientes la perdieron se la volvió a entregar a Moisés en el Sinaí. Las tablas de la ley no serían los diez mandamientos, que también lo eran, sino las leyes que rigen la Creación y de cuyo estudio se ocupa La Cábala.

Cábala en hebreo significa recibir.

La Cábala está asociada a una gran complejidad, pero su base es sencilla. Hay una estructura que está representada por el Árbol de la Vida y que ordena tanto el mundo divino como el terrenal. Este árbol se compone de diez esferas, llamadas *sefirots*. La primera, *kéter*, es la corona desde la que la energía de Dios se emana hasta manifestarse en la última, *malkut*, el mundo terrenal. Esta energía sigue un recorrido marcado por 22 senderos que conectan las diez *sefirots*, las esferas del Árbol de la Vida. Estos 22 senderos se corresponden con las 22 letras hebreas y también con los 22 arcanos mayores del Tarot.

El Tarot es un sistema de adivinación basado en la magia que emana de estos senderos y que se identifica con los arcanos mayores. También computa la influencia de los cuatro elementos representados por los cuatro palos de la baraja: los oros o diamantes –tierra–, las copas o corazones –agua–, las espadas o picas –aire–, y los bastos o tréboles –fuego–.

Los judíos consideran que el hebreo es un lenguaje divino porque sus letras se corresponden con los senderos de la emanación de *kéter*. Y, para rizar el rizo, porque la grafía de sus letras se dibuja en el Árbol de la Vida . El aspecto más complejo de La Cábala proviene del manejo de este idioma divino, donde las cosas que se cuentan no son lo que parecen.

"La Cábala es la disciplina que más ha profundizado en los entresijos y el misterio del nombre de Dios: YHVH".

La Cábala utiliza tres herramientas para dilucidar los mensajes que oculta su críptico lenguaje. El *notaricón* consiste en juntar las letras iniciales o finales de una frase para sacar una palabra que aporte un nuevo mensaje, como en un acróstico. La *temurá* rebusca distintos significados entre las distintas combinaciones de las letras que componen una palabra. Hay que tener en cuenta que el hebreo no emplea las vocales sino solo consonantes, lo cual permite una barbaridad de posibilidades. Por ejemplo la palabra MAGIA podría combinar sus letras para significar AMIGA, pero en hebreo sería sin vocales, es decir solo MG. ¡Imagínese todas la palabras que pueden tener las consonantes MG o GM! Como ya he dicho, ¡una barbaridad!

La herramienta por excelencia de La Cábala sería la *gematría*, que consiste en hacer equivaler números con letras y viceversa, de forma que una palabra adquiere un valor numérico que se relaciona con otras palabras o frases que compartan el mismo valor. Dado que las sumas de los valores pueden ser elevados, la *gematría* contempla la reducción de los números a sus cifras esenciales. Es decir, que 216 se reduciría a 2+1+6=9. Este es el proceso empleado para reducir los números de la tabla de multiplicar, obteniendo la matriz numérica como común denominador de todos ellos.

He simplificado mucho la complejidad en la que puede sumergirnos La Cábala. Eruditos de antaño y de hoy han dedicado su vida entera al estudio de esta disciplina mística. En *La Biblia* hay partes que rezuman significados ocultos cuando se estudian cabalísticamente y que nos acercan al conocimiento del poder divino. Se han utilizado ordenadores para desentrañar instrucciones ocultas sobre cómo invocar y utilizar este poder. Sin embargo, el poder por excelencia y la piedra angular de La Cábala reside en el impronunciable nombre de Dios: YHVH, también conocido como el *tetragramatón*, la palabra de cuatro letras.

La Cábala pues se basa en una estructura determinada por el Árbol de la Vida y un lenguaje divino que oculta el secreto de la invocación del nombre de Dios. Hay que tener en cuenta que no nos referimos a un nombre de pila, como el que utilizamos usted y yo para identificarnos de cara a los demás. El nombre de Dios es un conjuro que invoca y canaliza el poder de la Creación.

El análisis cabalístico más simple del nombre de YHVH arroja el siguiente resultado cuando se le atribuye el correspondiente valor numérico a sus letras (Fig. 9):

Yod (10)+He (5)+Vav (6)+He (5)=26=8

Fig. 9. YHVH. La transcripción hebrea del nombre de Dios se lee de derecha a izquierda y el valor numérico de sus letras suma 26, es decir 2+6=8.

Es una buena señal que la matriz que afirmo que representa el nombre de Dios esté compuesta por 8 filas y columnas, pero esta coincidencia no es tan contundente como para realizar una afirmación tan osada.

"Las letras del nombre de Dios: YHVH suman 26 (2+6=8) y la matriz es un cuadrado de 8x8 cifras".

8 filasx8 columnas forman una matriz de 64 cifras. 6+4=10, como diez son también los *sefirots* del Árbol de la Vida. Así que, antes de profundizar más en el nombre, veamos cómo el Árbol de la Vida se relaciona con la matriz. No es simplemente una relación. De hecho, el Árbol de la Vida se halla implícito en la estructura de la matriz.

Analicemos cada una de la filas y los patrones de orden que siguen los números que las componen.

La primera fila es una sucesión ininterrumpida desde el 1 hasta el 8, un fluir continuo y único, el primer *sefirot*, la primera dimensión. La segunda fila es una sucesión de pares seguida de otra de impares. La segunda fila es como la primera pero partida en dos. Es el nacimiento de la dualidad. La tercera fila se compone solo de tres números que se repiten tres veces, una especie de trinidad o triángulo. La última fila son dos sucesiones de números intercaladas, como una cruz (Fig. 10).

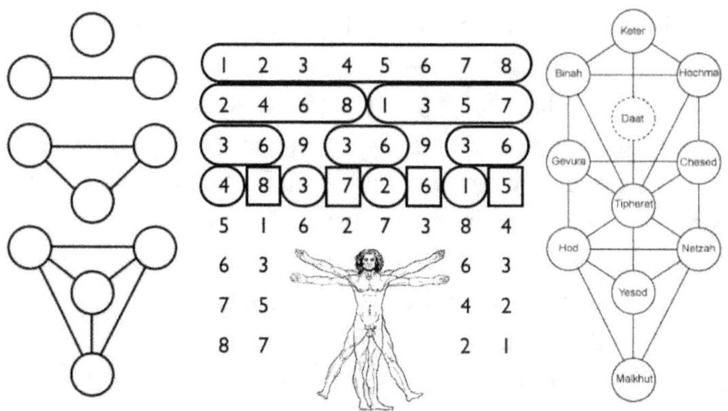

Fig. 10. Árbol de la Vida. El Árbol de la Vida se deduce de la mitad de la matriz. La Cábala afirma que el Árbol de la Vida estructura la Creación en el Cielo y en la Tierra al hombre primordial, conocido como el Adam Kadmon. Analicemos cada una de la filas de la matriz y los patrones de orden que siguen los números que las componen. La primera fila es una sucesión ininterrumpida desde el 1 hasta el 8, un fluir continuo y único, el primer *sefirot*, la primera dimensión. La segunda fila es una sucesión de pares seguida de otra de impares. La segunda fila es como la primera pero partida en dos. Es el nacimiento de la dualidad. La tercera fila se compone solo de tres números que se repiten tres veces, una especie de trinidad o triángulo. La última fila son dos sucesiones de números intercaladas, como una cruz.

En este caso, el Árbol de la Vida se deduce de la mitad de la matriz, la otra mitad, que es su reflejo axial; indica que se puede generar tanto de arriba abajo como de abajo arriba. La Cábala afirma que el Árbol de la Vida estructura la Creación en el Cielo y en la Tierra al ser humano, el hombre primordial, conocido como el Adam Kadmon.

El valor numérico de ADM, Adán, el primer hombre, es el 45 (Alef=1+Dalet=4+Mem=40). A pesar de que ADM siempre se ha identificado con el hombre, su valor representa al ser humano, es decir al hombre y a la mujer.

La suma de los números de las líneas tercera y sexta de la matriz totaliza 45 cada una. Coherentemente, estas líneas son las que identifican los signos del zodiaco que clasifican las personalidades del ser humano. Ambas líneas son inversamente simétricas, complementarias entre sí, significando que se refieren al hombre y a la mujer o viceversa. Por lo tanto, siempre que nos referimos al hombre nos estaremos refiriendo al ser humano y a ambos géneros.

Los antiguos, en su afán por denostar el papel de la mujer y su capacidad de engendrar vida y dar a luz, hicieron un tremendo esfuerzo por asegurar la superioridad del hombre. Sin embargo la disposición numérica de la matriz expone con claridad que ambos son iguales y complementarios.

Los judíos otorgan a la mujer (EVA) el valor 19 (He=5+Vav=6+Jet=8). El 9 es el número de la Creación y del poder de Dios, como veremos más adelante. Sin embargo, los cabalistas le restan esta tremenda importancia para crear vida argumentando que EVA es el resultado de quitar del hombre (ADM=45) el valor del nombre de Dios (YHVH=26). ¡Qué cosas!

"Las líneas tercera y sexta de la matriz se identifican con el ser humano mediante el valor de la suma de sus cifras: 45, el número de Adán, el hombre primordial según La Cábala".

Quizá la deducción del Árbol de la Vida a partir de la matriz pueda parecer algo ilusa y aventurada, así que le contaré la versión oficial para que decida cuál le resulta más convincente.

La Cábala explica que las diez emanaciones, o *sefirots*, se originan en el primer capítulo del *Génesis,* que trata sobre la creación del Cielo y de la Tierra, sobre el origen de la vida y del hombre. Cada *sefirot* se corresponde con cada una de las diez veces en las que se afirma «Y Dios dijo», que es cuando su voluntad emana. En este capítulo se menciona el nombre de Elohim 32 veces, conjurando la manifestación de los 10 *sefirots* más los 22 senderos que los unen, y por este motivo los senderos y letras hebreas son veintidós, ni más ni menos. Elohim es un nombre plural que quiere decir «los dioses».

El Árbol de la Vida es un esquema sublime que encierra una gran sabiduría a pesar de su aparente simplicidad, igual que la matriz que estoy presentando en estas páginas. El Árbol de la Vida es sobradamente conocido, mientras que la matriz se ha estado asomando a lo largo de la Historia de la humanidad disfrazada de múltiples formas, muchas de las cuales ya las hemos comentado. Para mí es impactante cómo hay tantas cosas trascendentales que encajan con nítida elegancia en su estructura y armonías. Y aún quedan otras más sorprendentes si cabe. Yo he estudiado esta matriz durante muchos años, y quiero compartir con usted lo que he aprendido. Sin embargo, nos acercamos a un punto de inflexión que quiero reseñar.

Conocer algo no aporta ninguna diferencia.
¿Cuál es el nombre de Dios? Pues YHVH, ya lo sabe.
El Árbol de la Vida ya lo conoce.
Y la matriz se la estoy presentando.
¿Y qué?
¿Cambia algo porque lo haya leído? No. En absoluto.

El conocimiento verdadero es resultado de una experiencia interna. Si nunca ha experimentado una alegría, yo puedo emplear páginas y páginas para intentar contarle cómo es, pero leerlo nunca le acercará a lo que supone experimentarla. Lo mismo ocurre con el conocimiento.

"El verdadero conocimiento es experiencial y no se puede transferir aunque se explique".

Estamos acostumbrados a comprar resultados. Esta es quizá la mayor trampa de nuestra cultura, tan sofisticada, tan cómoda y tan tecnológica. Es maravillosa, no me entienda mal, pero tiene truco. Si nos duele la cabeza nos tomamos una pastilla para que se nos pase y... ¡solucionado! Si no nos duele nada consideramos la salud como un derecho innato en lugar de un valioso presente, igual que la vida. Lo más preciado que podemos atesorar no es el dinero, ni las posesiones, sino el tiempo. Podríamos afirmar que de hecho tenemos dos vidas. La que nos regalan al nacer, y la que reiniciamos cuando tomamos consciencia de que vamos a morir. Aprovechemos el tiempo limitado que tenemos para aprender, ya que nuestra experiencia interna, nuestro conocimiento es lo único que puede trascender este mundo. El conocimiento no es una mera experiencia intelectual, es un cóctel de reflexiones, emociones y acciones que definen quiénes somos. ¿Quiénes somos? ¿Quién es usted?

Imagine que aspira a pronunciar el nombre de Dios, y que de repente el Creador le contesta respondiendo: ¿Quién me llama? ¿Quién diría que es usted? ¿Es usted el nombre que utiliza? ¿A lo que se dedica? Dentro de nosotros mismos nos sentimos igual, sin importar la edad que tenemos. Los años afectan nuestras circunstancias, nuestra salud y variopintos recovecos de nuestra personalidad, pero interiormente somos los mismos. Ahí arraiga su ser, ahí se asienta el conocimiento, ahí definimos quiénes somos.

Si efectivamente la matriz es el nombre de Dios, la firma del Creador, eso implicaría un lenguaje divino. Todo lenguaje requiere un vocabulario, una semántica y una gramática, pero ante todo, para que se establezca cualquier comunicación deben existir dos interlocutores. Uno ya está ahí. El otro somos cada uno de nosotros; por eso es importante saber quiénes somos. ¿Es posible comunicarse con Dios? La matriz también nos lo indica.

"Una matriz resultante de sintetizar algo tan ajeno e impersonal como la tabla de multiplicar indica la relevancia del ser humano y su relación con Dios".

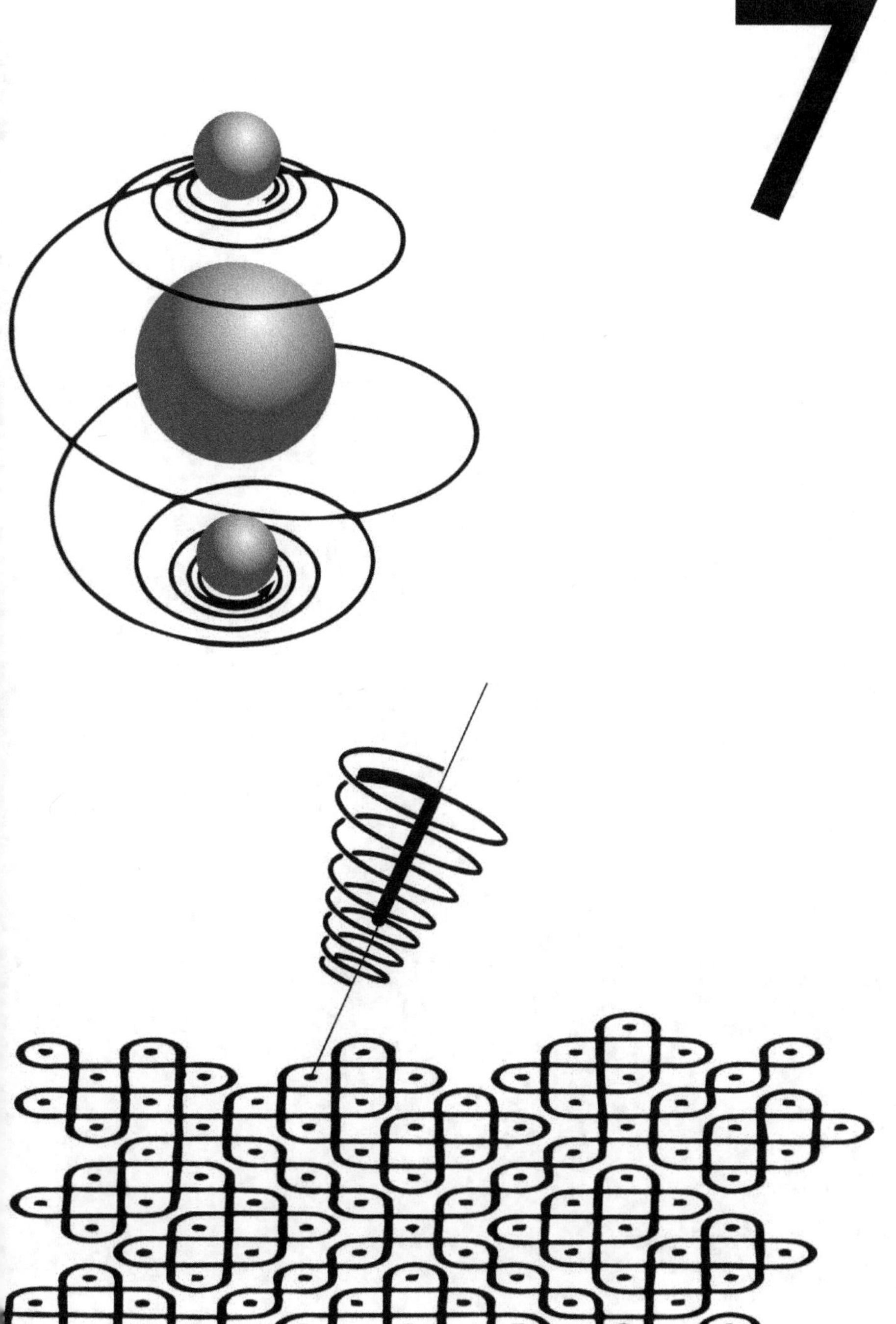

7. EL NOMBRE DE DIOS

¿LA MATRIZ ES EL NOMBRE DE DIOS?

El tetragrámaton, que es como se llama a las cuatro letras que componen el nombre de Dios, encierra mucha más miga de lo que aparenta. Se compone de cuatro letras, igual que las capas concéntricas de la matriz.

Las letras YHVH resaltan la importancia de la doble repetición de una de ellas: «He». Este nombre es el resultado de la combinación de la energía masculina y la femenina, que son energías simétricas y complementarias, igual que cada mitad de la matriz.

Las primeras dos letras YH, Yah (הי), significaban el Señor. Las últimas dos letras, VH, correspondían al nombre de la primera mujer: Eva, Hava (הו). El nombre impronunciable se revela como la comunión entre la energía divina procedente de los cielos y la energía femenina de la Creación, *Shekinah*, la presencia de Dios, a través de la letra «He».

Ya vimos cómo las letras del *tetragrámaton* suman 26. Curiosamente, el libro del *Génesis* 1, ese que define la generación del Árbol de la Vida de La Cábala, cita textualmente en su versículo 26: «Hagamos al hombre a nuestra imagen, conforme a nuestra semejanza; y señores en los peces del mar, en las aves de los cielos, en toda la Tierra, y en todo animal que se arrastra sobre la Tierra».

¿Acaso la matriz del nombre de Dios enfatiza la esencia divina del ser humano? Algo así postula el Árbol de la Vida mediante el Adán Kadmon, o los conceptos de *atman* y *brahman* que describen los *Upanishads*. Sin embargo no nos envilezcamos con eso de señorear sobre los demás seres vivos, ya que señorear no significa masacrar, sino más bien liderar e inspirar.

El verdadero nombre de Dios se tacha de impronunciable. Y efectivamente lo es porque no forma una palabra; se trata de una fórmula, un conjuro para invocar un poder que es absolutamente real. La pronunciación del nombre de Dios no consiste en articular fonemas, sino en ejecutar una serie de acciones coordinadas en nuestro ser. ¿Adivina cuántas? 4.

La matriz nos indica que el ser humano puede canalizar dicho poder. Y quizá hasta nos ofrezca alguna pista sobre cómo hacerlo. Ya lo veremos. Pero, igual que he ido haciendo a lo largo de estas páginas, dejemos que sean los números quienes defiendan estas osadas afirmaciones.

La Cábala afirma que el verdadero número del nombre de Dios no es la suma simple que hemos presentado hasta ahora (26), sino que es consecuencia de pronunciar la primera letra, luego esta más la siguiente, luego añadiendo la tercera y finalmente invocando las cuatro completas. La fórmula del nombre se desvela cuando se ordena en función de la ¡Tetraktys! (Fig. 11)

"El verdadero nombre de Dios resulta de ordenar el tetragramatón según la Tetraktys pitagórica y su valor es el 72, un número presente en el corazón de la matriz."

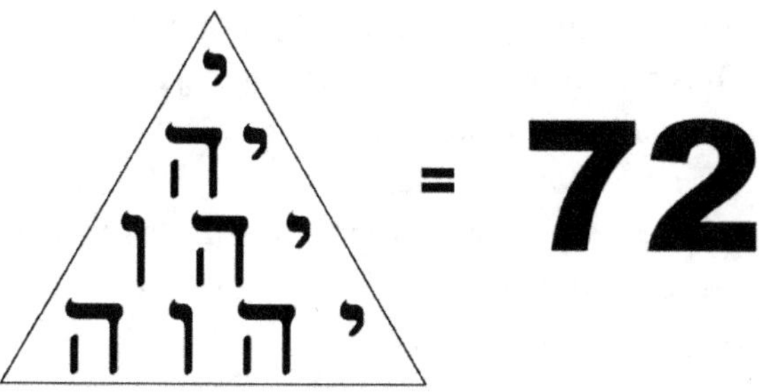

Fig. 11. Verdadero nombre de Dios. La Cábala afirma que el verdadero número del nombre de Dios es consecuencia de pronunciar la primera letra, luego dos, luego tres y finalmente las cuatro. Se presenta ordenado según la Tetraktys pitagórica.

Las sumas de las equivalencias numéricas de las letras dispuestas de esta manera es 72. Recuerde que las letras hebreas se disponen de derecha a izquierda y que en otros idiomas se presenta al revés para no tergiversar el nombre. El cálculo es el que sigue:

$$Yod=10$$
$$Yod(10)+He(5)=15$$
$$Yod(10)+He(5)+Vav(6)=21$$
$$Yod(10)+He(5)+Vav(6)+He(5)=26$$

$$10+15+21+26=72$$

Fijémonos en el corazón de la matriz (Fig. 12).

Identificamos que en su centro se ubican un 72 y un 27, y que son uno el reflejo del otro. El 72 es el número del verdadero nombre de Dios.

¿Y el 27, además de ser su inverso?

Ya mencioné anteriormente el versículo 26 del *Génesis* en el que se afirmaba que Dios creo al hombre a su imagen y semejanza. Leamos ahora el siguiente versículo, el 27, y prestemos atención a la manera en que está escrito. *Génesis* 1, versículo 27: «Y creó Dios al hombre a su imagen y semejanza, a imagen de Dios lo creó, varón y hembra los creó». ¿No está redactado como si cada frase o palabra pretendiera ser el reflejo de la otra, como el 72 y el 27? ¿Por qué repetirlo si ya se había mencionado lo mismo en el versículo anterior? ¿No sería para resaltar la importancia del 27 y de su reflejo el 72?

1	2	3	4	5	6	7	8	
2	4	6	8	1	3	5	7	
3	6	9	3	6	9	3	6	= 45
4	8	3	7	2	6	1	5	
5	1	6	2	7	3	8	4	Φ
6	3	9	6	3	9	6	3	= 45
7	5	3	1	8	6	4	2	
8	7	6	5	4	3	2	1	

Fig. 12. 72 y 27. El 27 es el inverso simétrico del 72, el número que identifica el verdadero nombre de Dios. Así lo da a entender el versículo 27 del libro del *Génesis*, capítulo 1. Este versículo destaca la creación del varón y la hembra como seres complementarios, según apuntan las líneas 3ª y 6ª de la matriz. La relación entre Dios y el ser humano está determinada por Phi, la proporción áurea.

Pero esto no es todo.

Phi es el número de oro y tiene un valor de 1,61 seguido de infinitos decimales. También es conocido como proporción áurea y como el número de Dios, puesto que se encuentra presente en la naturaleza de muchas maneras y posee unas características matemáticas únicas. El empleo de sus proporciones en todo tipo de obras artísticas, ya sea en la escultura, la pintura, la arquitectura, la música o cualquier otra, las torna especialmente armónicas y bellas. Leonardo Da Vinci realizó un estudio del número Phi en su famosa obra del Hombre de Vitrubio en el que muestra cómo las distintas proporciones del cuerpo humano se relacionan unas con otras en función de Phi. Phi es la proporción entre la altura con respecto al ombligo, el brazo con respecto al antebrazo, el antebrazo con respecto a la mano, la mano con respecto al dedo medio, etc. Hay tratados enteros dedicados a este número y sus asombrosas propiedades.

Por supuesto, la realidad no se ajusta a Phi con una precisión de relojero, pero quizá por este motivo Phi se presente como un número irracional, para indicarnos que es la aproximación a un ideal y nunca un encaje perfecto. En la variedad está el gusto. ¡Si es que el Creador está en todo!

El versículo 27 de *Génesis* también destaca la creación del varón y de la hembra como seres complementarios. Ya se mencionó cómo el valor del hombre, entendido como ser humano, es 45, y cómo las líneas tercera y sexta de la matriz suman 45 cada una y son inversamente simétricas o complementarias la una con respecto a la otra.

Dado que el valor de Phi es irracional y será siempre una aproximación, procederé a redondearlo a 1,6. Si multiplicamos el valor del hombre por 1,6 ¿qué obtenemos? ¡Exactamente 72! O sea que el hombre es a imagen y semejanza de Dios en función del número de oro. ¡Toma ya!

> **"La matriz expone cómo el ser humano es a imagen y semejanza de Dios en función de Phi, la proporción áurea: 45x16=72".**

Y para rizar más el rizo, la diferencia de 45 a 72 es precisamente 27, ¿es como una poesía? ¿No resulta sublime que con cuatro simples números se pueda definir el nombre de Dios, su relación con el ser humano y Phi, el número dorado?

¿Inquietante? ¿Demasiadas coincidencias? ¿Es posible que esta matriz sea el nombre de Dios? ¡Nada menos que de Dios!

Yo no sé a usted, pero a mí me resulta bastante trascendente que una matriz de cifras que resulta del común denominador de todos los números enteros hasta el infinito permita encajar interpretaciones tan diversas como las que hemos presentado hasta ahora.

Créame cuando le digo que me dio más reparo a mí afirmar que esta matriz es el nombre de Dios que a usted la primera vez que lo escuchó. Si a usted quizá le pareció osado entonces, no se imagina lo que me pareció a mí. ¡Sacrílego!

Durante la investigación me pareció interesante cuando coincidió que la esencia numérica del nombre de Dios, YHVH, era 26 (2+6=8) y la matriz estaba constituida por 8 filas y 8 columnas, pero no fue suficiente. Cuando ubiqué en el corazón de la matriz el número 72, que La Cábala afirma que es el verdadero valor del nombre de Dios, me inquieté. La relación del 72 y el 27 en concordancia con los versículos 26 y 27 del *Génesis* que citaban la semejanza del Creador con el ser humano me asombraron. La presencia de Phi, la constante clave en la ordenación de la naturaleza, como proporción que dictaba la relación entre Dios y el ser humano, me resultó altamente sospechosa. Sin embargo no fue hasta que encajé una pieza más de este desafiante puzle cuando me convencí de que esta matriz era efectivamente el nombre de Dios.

La Cábala otorga distintos nombres a Dios, cada uno enfatizando aspectos de la manifestación del Creador. Las respectivas combinaciones numéricas de estos nombres pueden encontrar concordancias con la matriz, aunque no tan contundentes como las que he descrito, y que de hecho son las más relevantes: el nombre de Dios (26) y el verdadero nombre de Dios (72).

Sin embargo hay otro nombre oculto de Dios, uno que encierra la manifestación de todo su poder. Es el nombre más poderoso y desconocido de todos. La Cábala no revela cómo se genera este nombre, o bien es un secreto celosamente guardado. El valor numérico de este nombre es 216.

Los motivos de que su valor sea 216 son desconocidos. La Cábala explica que este nombre se esconde tras la *Shemhamprorasch*, que es una combinación de tres letras que definen 72 atributos de la manifestación de Dios, de tal manera que 72x3=216. Es decir, que utiliza el verdadero nombre de Dios y matiza sus atributos en función del significado aportado por tres letras. ¿De dónde salen estas tres letras? Los versículos 19, 20 y 21 del capítulo 14 del *Éxodo* se componen exactamente de 72 letras cada uno, en su versión original hebrea. Si tomamos una letra de cada versículo obtenemos sus 72 combinaciones. La *Shemhamprorasch* se ha utilizado para crear amuletos y traza un camino para la meditación sobre los 72 aspectos de la manifestación del Creador.

Mi convencimiento definitivo de que la matriz configura el nombre de Dios se fraguó cuando descubrí que el número 216 también se halla inmerso con elegante belleza en la matriz.

El nombre sencillo de valor 26 indica que la estructura de la matriz es de 8 filas y 8 columnas. El nombre verdadero de valor 72 palpita en su corazón. ¿Y el 216?

Si prestamos atención, bien sea a las filas o a las columnas, nos percatamos de que todas menos la tercera y la sexta contienen todos los números del 1 al 8. La fila tercera y sexta son las únicas que contienen solo los números 3, 6 y 9, que son los que además definen los signos del zodiaco, la fórmula más ancestral de clasificación del comportamiento y la personalidad del ser humano. La suma de los números de la fila tercera o de la sexta es 45 cada una, el número que representa al varón y a la hembra, como indica el versículo 27.

El corazón de la matriz (72 y 27) nos muestra que el hombre es creado a imagen y semejanza de Dios. Somos parte de Dios, pero no somos Dios: 72–27=45. Por lo tanto es coherente considerar que las filas de números incompletos, la tercera y la sexta, las que representan al hombre y a la mujer, las dos filas que suman 45, no son Dios, mientras que las filas completas que contienen todos los números sí son Dios. ¿Qué cantidad suman todos los números de la matriz una vez que sustraemos los valores del hombre y la mujer? ¿Lo ha adivinado? ¡Exactamente 216! (Fig. 13)

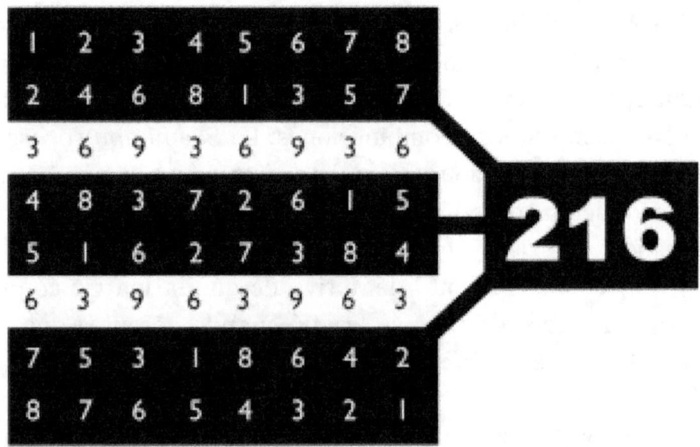

Fig. 13. El nombre 216. Todas las filas de la matriz contienen todos los números del 1 al 8, excepto la tercera y la sexta que ya hemos explicado corresponden al hombre y la mujer. Si sumamos todos los números de la matriz de las filas completas, sin contar con las incompletas, el resultado es 216.

"El nombre oculto del poder de Dios tiene el valor
216 y resulta de sumar todas la filas completas
de la matriz, las que albergan todos los números
del 1 al 8".

Si bien La Cábala es la disciplina que más ha profundizado en el estudio del nombre de Dios, es posible que esta perspectiva cabalística y otras ancladas en el pasado que se han abordado en estas páginas, se le antojen insuficientes o le parezca que aportan un criterio sesgado. Sin embargo es importante considerar que el pasado condiciona nuestro presente y es su inercia la que nos impulsa hacia el futuro.

8

8. MATEMÁGICAS

FUNDAMENTOS MATEMÁTICOS

«Las matemáticas son el lenguaje con el que Dios ha escrito el Universo».

GALILEO GALILEI

Concentrémonos en este conjunto de cifras que componen la matriz desde una perspectiva más universal e incontrovertida como son las matemáticas, el único idioma incuestionablemente universal. Iniciamos esta andadura partiendo de la premisa de que 1+1=2, si bien dos 1 no son lo mismo que un 2. Esto es así tanto aquí como en lo más recóndito de cualquier galaxia. Así que cerremos el círculo y volvamos a la exactitud de las matemáticas.

GEOMETRÍA

El punto, la línea, los polígonos y el círculo son los elementos a partir de los cuales se construye la geometría. La primera capa de la matriz los deduce.

Esta capa está compuesta por una secuencia interconectada del 1 al 8, de vuelta al 1, otra vez al 8 para regresar al 1 del inicio.

La secuencia se inicia con un 1, el punto, que se incrementa secuencialmente creando una línea que va del 1 al 8. En el 8 la línea es truncada y cambia de dirección varias veces hasta que vuelve a su punto de origen, emulando un polígono, en este caso un cuadrado. Si representamos este cuadrado gráficamente, prestando atención a las cantidades crecientes y decrecientes y no solo a su posición, dibujaremos un círculo (Fig. 14).

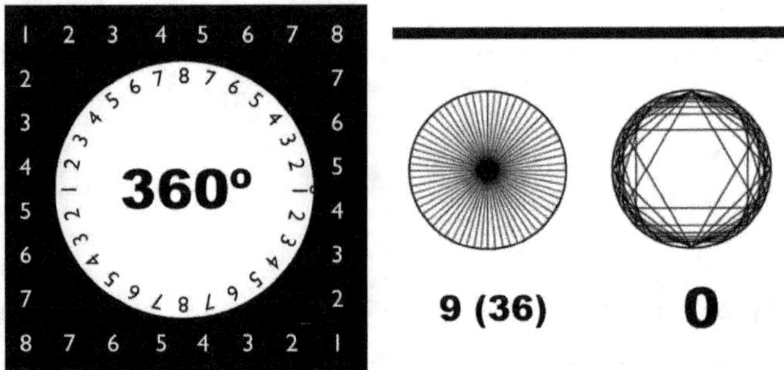

Fig. 14. Geometría. A la izquierda, la capa exterior de la matriz destaca los elementos clave de la geometría: el punto (1 o unidad), la línea del 1 al 8, el polígono en forma de cuadrado que forma la capa, y el círculo cuando se representa la capa considerando la cantidad que expresa cada número, y no solo su posición. A la derecha la división angular de un círculo tiende a una singularidad que expresa el TODO en su centro, siendo el 9 la suma de las cifras de cada ángulo, para todos los ángulos. Por el contrario, en la siguiente figura observamos cómo la suma de los ángulos de los distintos polígonos regulares también suma 9 y en el límite tiende a crear un vacío, expresando la NADA.

Sigamos estudiando el círculo.

¿Por qué se ha aceptado universalmente que el círculo debe tener 360°? ¿Por qué no 400? ¿Por qué no 10, o 12? ¿Por qué precisamente 360? La explicación más sencilla es que el 360 tiene muchos más divisores enteros que el 400, o que el 100, o el 1000. Matemáticamente es la opción más razonable, pero conociendo cómo consensúa el ser humano considero bastante improbable que exista ningún acuerdo perdurable basado meramente en un argumento lógico.

No hace falta aportar complejos estudios sociológicos para demostrarlo, basta con presentarse en cualquier junta de vecinos. Verá que tengo razón. El consenso perdurable se justifica con argumentos pero se solidifica inconscientemente. ¿Qué invita a nuestro inconsciente colectivo a acatar de tan buen grado los 360º del círculo?

La suma de todos los números excepto el 9 da 36.

$$1+2+3+4+5+6+7+8=36$$

Estos son precisamente los números que componen cada línea de la capa exterior de la matriz.

Una peculiaridad sobre el 9 antes de proseguir. El 9 es el alma de la matriz, oculto tras su simetría, solidificando su estructura y como nexo de unión entre las infinitas matrices que genera la tabla de multiplicar. Los nombres de Dios 72 y 216 suman 9. Si hubiera que reducir toda la matriz a un número, este sería el 9. El 9 es el Todo, y sin embargo actúa como un 0 en la *gematría*. También es la nada. Cualquier número sumado a 9 da el mismo número tras aplicar la reducción correspondiente. Por ejemplo: 5+9=14=1+4=5. Reduzca cualquier número para comprobarlo.

Por una parte tenemos todos los dígitos (36) y por otra parte la nada (0). El 360 es el número que mejor aúna este concepto, aparte de ser el mejor candidato matemáticamente hablando debido su cantidad de divisores.

La geometría nos demuestra esta premisa con mucha más finura.

Seccionemos un círculo en partes iguales. Cada vez que dividimos el círculo, el valor del ángulo se va reduciendo pero la suma de las cifras del ángulo siempre es 9, el Todo. Los ángulos serían 360, 180, 90, 45, 22.5, 11.25, 5.625... Cuanto más seccionemos el círculo, más pequeño será el ángulo, pero sus cifras siempre sumarán 9. En el límite se produce la convergencia en una singularidad cuya constante metafísica es el 9. Este fenómeno solo se produce en un círculo de 360º.

Si planteamos este argumento al revés, también arroja un resultado pasmoso. Procedamos no a dividir el círculo sino a circunscribir dentro de él los distintos polígonos regulares. Los polígonos regulares son la base de la geometría, gracias a la cual disfrutamos de la mecánica y la tecnología. Cualquier forma se puede construir mediante la suma de polígonos regulares. Pues bien, la suma de todos los ángulos de cada polígono regular también se reduce siempre a 9.

El triángulo: 60x3=180=1+8=9
El cuadrado: 90x4=360=3+6=9
El pentágono: 108x5=540=5+4=9
El hexágono: 120x6=720=7+2=9
El heptágono: 128.57...x7=900=9
El octógono: 135x8=1080=1+8=9
El eneágono: 140x9=1260=1+2+6=9
El decágono: 144x10=1440=1+4+4=9

¿Hace falta que siga?

En el límite se produce la completa divergencia vectorial, manifestando el completo vacío dentro del círculo, la NADA. Por lo tanto, el círculo de 360º, a través del número 9, manifiesta simultáneamente una singularidad y el vacío, ¡el TODO y la NADA!

Sistema binario

La segunda capa de la matriz divide las cifras en pares e impares y resalta la importancia del sistema dual o binario: pares y ausencia de pares, o impares. Este sistema es el fundamento del lenguaje informático, basado en la combinación de 0 y 1. La información se codifica en lenguaje binario. Las últimas investigaciones de la física afirman que el campo que unifica el universo cuántico es pura información.

MATEMÁTICA VORTICIAL

La tercera capa de la matriz es esa que cuenta solo con tres números: el 3, el 6 y el 9, y está compuesta por doce cifras. De estos tres números el 9 actúa como una constante imperturbable, el todo o la nada. Los otros dos se relacionan siendo uno (6) el doble del otro (3). Esta capa señala la importancia de estos tres números y de la relación de 2 a 1 entre el 3 y el 6. Lo podemos representar gráficamente mediante un triángulo, situando el 9 en el eje y los otros dos componiendo la base. Después procedemos a rellenar los huecos con las cifras que faltan, como en un reloj, y aplicamos el concepto de la duplicación que destacan la relación entre los números 3 y 6 (Fig. 15).

"Quien conozca la magnificencia de los números 3, 6 y 9 obtendrá la llave del Universo".

NICOLA TESLA

La duplicación es un mecanismo elemental en el desarrollo de la vida. De una célula nacen dos, de dos cuatro, de cuatro ocho... El patrón sería: 2, 4 ,8, 16, 32, 64, 128, 256... Surge una estructura inherente a este patrón de duplicación cuando reducimos sus resultados a las cifras más sencillas: 2, 4, 8, 7 (1+6), 5 (3+2), 1 (6+4=10 & 1+0=1), 2 (1+2+8=11 & 1+1=2), 256 (2+5+6=13 & 1+3=4)... El resultado es una secuencia auto-replicada que es 1, 2, 4, 8, 7, 5 y vuelta al 1. Cuando disponemos los números del 1 al 9 en un círculo y trazamos un vector que siga esta secuencia obtenemos un flujo vectorial (Fig. 15).

...1, 2, 4, 8, 7, 5, 1...

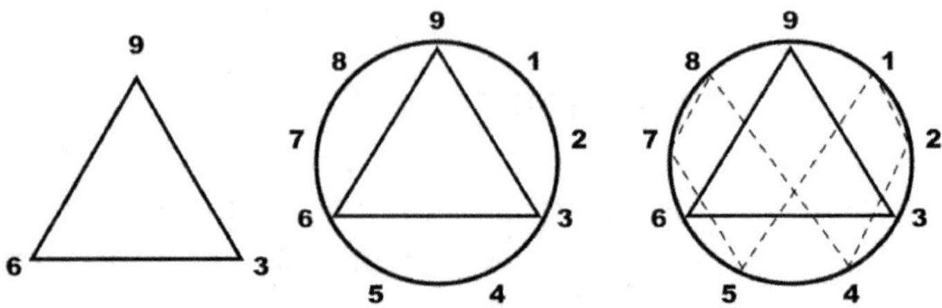

Fig. 15. Matemática vorticial. Disponemos el 9, 3 y 6 en los vértices de un triángulo. Los conectamos añadiendo los números que faltan para cerrar la secuencia, como en un reloj. Aplicamos el patrón de duplicación que indican estos tres números. El patrón de duplicación: 2, 4 ,8, 16, 32, 64, 128, 256... esconde una secuencia auto-replicada cuando reducimos sus resultados: 1, 2, 4, 8, 7, 5 y vuelta al 1. Cuando disponemos los números del 1 al 9 en un círculo y trazamos un vector que siga esta secuencia obtenemos un flujo vectorial, identificado en la figura con una línea discontinua.

Los números 3, 6 y 9 que conforman la tercera capa de la matriz se hallan fuera de este flujo vectorial que emula gráficamente un símbolo del infinito. El 9 se halla en su eje central, presente pero inaccesible, exactamente igual que en el nombre de Dios. Los números 3 y 6 indican el factor de duplicación. ¿Funcionará también a la inversa?

Empezamos con el 1, pero en lugar de duplicar lo dividimos entre dos: 1/2=0,5 (0+5=5), el 5 lo dividimos entre dos: 5/2=2,5 (2+5=7); 7/2=3,5 (3+5=8); 8/2=4; 4/2=2; 2/2=1. O sea que si doblamos los números la secuencia resultante es 1, 2, 4, 8, 7, 5, 1 y vuelta a empezar. Y si dividimos los números, la secuencia resultante es 1, 5, 7, 8, 4, 2, 1, es decir, la misma pero en sentido inverso, obedeciendo fielmente a la simetría axial de la matriz. ¿No es bonito?

Esta secuencia resultante de la duplicación ha dado origen a las llamadas matemáticas de vórtice o vorticial –*vortex based maths*– o de anatomía toroidal, las cuales aspiran a determinar cómo fluye la energía en el Universo. Desde un punto estrictamente científico, las matemáticas de vórtice no son consideradas una herramienta formalmente estructurada; sin embargo no se puede negar que ponen de manifiesto un patrón sumamente sobrecogedor.

Ahora bien, ¿qué ocurre con el 3, el 6 y el 9 que tanto fascinaban a Tesla?

Apliquémosles la misma operación.

Doblamos el número 9 para hallar la constante subyacente. La secuencia sería: 9, 18, 36, 72, 144, 288, 576... Al simplificar no hallamos ningún patrón; el resultado es siempre el mismísimo 9, lo cual es coherente con la estabilidad y presencia de este número que rige el nombre de Dios.

¿Y el 3? ¡Veámoslo! La secuencia sería 3, 6, 12, 24, 48, 96, 192, 384... ¿Va adivinando qué queda tras la reducción? Pues así: 3, 6, 3, 6, 3, 6, 3, 6, 3, 6... Con el 6 pasa lo mismo, aunque la reducción queda a la inversa: 6, 3, 6, 3, 6, 3...

Mediante estas secuencias, la matemática vorticial define cómo fluye la energía entre dos polos tanto en una como en otra dirección. El número 3 gobierna uno de los polos, compuesto por los números 1, 2 y 4, mientras que el número 6 gobierna el polo opuesto compuesto por los números 8, 7 y 5 (Fig. 15).

Si sumamos los números que componen cada polo, ¿qué obtenemos?

Dominio del 3:1+2+4=7

Dominio del 6:8+7+5=20=2

¡7 y 2! ¡El corazón de la matriz!

¡No hay más comentarios, señoras y señores!

"La matriz define los elementos de la geometría, el círculo, y late en el corazón de la matemática vorticial".

Hay muchas personas fascinadas por la matemática vorticial; sin embargo muchos matemáticos la consideran una patraña, en parte por no estar basada en una demostración matemática ortodoxa como la *secuencia de Fibonacci,* que siempre se demuestra al margen de la notación numérica o la base que se emplee.

La base es la cantidad de cifras que componen un sistema numérico. La base 10 tiene diez cifras para todos los números posibles: 0, 1, 2, 3, 4, 5, 6, 7, 8, y 9. Los ordenadores funcionan en base 2, es decir, toda su numeración se basa en 0 y 1. No hay más cifras para describir otras cantidades. Por ejemplo el número 9 de nuestra base 10 convertido a base 2 es el 1001 ya que solo hay 0 y 1 para describirlo, y en base 8 sería el 11.

Los admiradores de la matemática vorticial atribuyen a la secuencia 1, 2, 4, 8, 7, 5, 1 funciones milagrosas, lo cual no contribuye a que sea considerada con más rigor. Alegan que puede curar enfermedades, ser una fuente de energía inagotable y otras muchas propiedades que están por demostrar. Los científicos reconocen la elegancia de la estructura de la matemática vorticial y que el patrón que describe se encuentra expresado en la naturaleza, igual que ocurre con la serie de Fibonacci. ¿No será que en el alma de estas matemáticas late el nombre de Dios?

Un breve inciso antes de continuar.

La serie de Fibonacci es una secuencia que resulta de ir sumando los dos números inmediatamente precedentes.

0, 1, 1, 2, 3, 5, 8, 13, 21, 34, 55, 89, 144, 233, 377, 610, 987, 1597...

Esta serie presenta muchas propiedades que continúan cautivando a intelectuales desde hace siglos, aunque a mi juicio lo más fascinante es que la relación entre dos números consecutivos de la serie se acerca asintóticamente al número Phi (1,61803...). Es decir, que cuanto más avanzamos en la serie más nos acercamos al valor de Phi. Por ejemplo: 34/21=1,6904...55/34=1,6764...89/55=1,618...

Volvamos a la matemática vorticial. Los matemáticos critican que su elegante resultado está limitado por el hecho de que los números se multiplican por 2 y que solo funciona en base 10. ¿Qué secuencia resultaría si se multiplicasen por 3 o se utilizara otra base numérica de referencia?

Bajo otras bases y con otros factores de multiplicación, los resultados ofrecen formas que tienden a la armonía y que se asemejan a mandalas, procesos de división celular o el paralelismo que queramos otorgarle, pero ciertamente se trata de formas armónicas, coherentes y de cierta trascendencia (Fig. 16).

Fig. 16. Mandalas. Estas figuras muestran el resultado de aplicar la secuencia de la matemática vorticial (Fig. 15) por otras bases y multiplicandos. Si multiplicamos por 2 y vamos incrementando la base nos vamos aproximando a la figura de la arriba a la izquierda, por 3 a la siguiente, por 4 a la tercera y multiplicando por 8 a la cuarta y última de arriba a la derecha. La figura de abajo a la izquierda muestra el modelo al que tienden las formas resultantes según incrementamos el multiplicador, de tal forma que al multiplicar por 13 el rosetón resultante tiene doce pétalos, al multiplicar por 15 tendría catorce pétalos y así sucesivamente. A continuación se muestran unos ejemplos de mandalas para constatar sus similitudes.

La pregunta es ¿por qué la relevancia de la base 10? Pensamos que nuestra aritmética se desarrolla en base 10 por el hecho de que tenemos diez dedos, cinco en cada mano, lo cual nos llevó a contar y calcular más eficazmente en este rango. ¿O hay algo más? Recuerde por qué el círculo tiene 360°. Recuerde la importancia de la Tetraktys.

La Tetraktys se dispone en un triángulo compuesto por 1, 11, 111, y 1111. El verdadero nombre de Dios se estructuraba en función de ella (Fig. 11) y se deducía de la matriz contando la cantidad de cifras que componen cada capa (Fig. 3). También es la estructura subyacente en la generación del Árbol de la Vida (Fig. 10). Si sumamos todos los componentes de la Tetraktys el resultado es 10. ¿Qué fue antes, nuestros diez dedos o la matriz del nombre de Dios? Ahí está la respuesta.

CONSTANTES

Nos queda la última capa por analizar desde una perspectiva matemática: el corazón de la matriz.

Los tres números conceptualmente más relevantes de las matemáticas son Phi, Pi y «e». Los tres son constantes e irracionales, es decir que nunca cambian y se componen de infinitos decimales. Se sabe cómo calcularlos pero no se sabe por qué son como son. Phi, también conocido como el número de oro, establece una proporción que estructura la naturaleza; Pi es la base que regula la geometría dado que es inherente a todas las curvas y es la relación entre la longitud de la circunferencia y su diámetro; el número «e» constituye la piedra angular del cálculo. Lo interesante es que estas tres constantes matemáticas fundamentales se hallan inscritas en las relaciones de las cifras 72 y 27 que componen el corazón de la matriz (Fig. 17).

Es la propia Tetraktys la que nos va a guiar en el proceso de generar estas constantes. Dado que son números irracionales vamos a conformarnos con obtener correctamente un redondeo suficiente. Los números irracionales son imposibles de calcular ya que son intrínsecamente infinitos. Pitágoras sufrió porque su ideal matemático del Universo se resquebrajaba ante la presencia de los números irracionales que aniquilaban la precisa exactitud de su sistema. Sin embargo, a mi juicio los números irracionales son vitales para que nuestro Universo sea como es. Su expresión en la naturaleza siempre constituye una aproximación. Esa ínfima variación da margen al caos y el caos alimenta la diversidad. Un Universo demasiado exacto carecería de margen para el error y el desarrollo que nos caracteriza. Me gusta decir que los números irracionales son el alma del libre albedrío.

La primera constante es Phi y se deduce mediante la combinación de los cuatro números del centro de la matriz. Ya hemos visto como Phi, que define la relación entre el hombre y Dios, es resultado de la proporción entre el 72 y el 27 (Fig. 12).

$$Phi=72/45(72-27)=1,6$$

Pi es un número irracional con infinitos decimales cuyo valor es 3,14159..., a efectos de redondeo 3,14. Se deduce mediante la combinación de tres de los números del corazón de la matriz. La fracción más sencilla que se acerca a Pi es 22/7.

$$Pi=22/7=3,14$$

Nos queda el número «e». Si Phi es el número clave para la naturaleza, y Pi lo es para la geometría, el número «e» lo es para el cálculo. Debe su nombre a Euler, el matemático que lo descubrió. Para calcularlo solo precisamos dos de los números de la matriz. Su valor es 2,71... O sea 2,7.

$$e=2,7$$

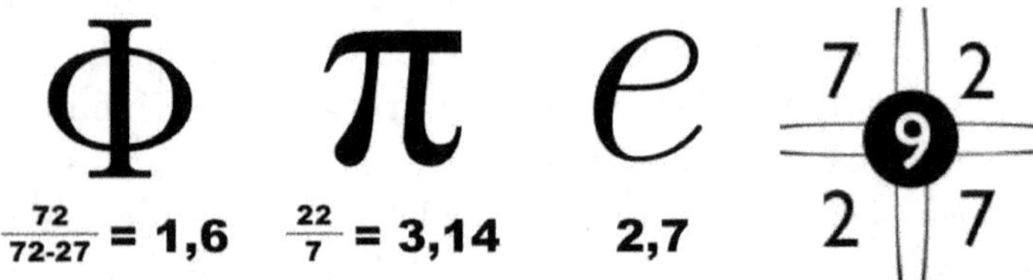

Fig. 17. Constantes matemáticas. La aproximación más sencilla a las contantes más relevantes de las matemáticas se consigue mediante combinaciones de los números 7 y 2.

Siguiendo el orden marcado por la Tetraktys nos quedaría una última constante que se debería generar tan solo con un número presente en el corazón del nombre de Dios. ¿Se aventura a adivinar cuál puede ser? ¡El 9! El 9 es la reducción de 72 y también de 27. Se encuentra veladamente presente en el centro del centro de la matriz. No es una constante matemática *per se*; más bien se podría considerar una constante metafísica.

"Las constantes matemáticas Phi, Pi y «e» se pueden calcular mediante combinaciones de 7 y 2, los números del corazón de la matriz".

Hay personas que se fascinan sobremanera con los desarrollos numéricos, y otros que transitan por los números con un vértigo engorroso. No pasa nada. Mi intención es contar lo esencial de la manera más sencilla posible. Los conceptos que trascienden los números son lo relevante. Aunque las explicaciones sean sucintas, trato de proporcionar pistas para las mentes inquisitivas a quienes les sepa a poco lo que aquí expongo y puedan proseguir sus indagaciones fuera de estas páginas.

A estas alturas ya hay suficiente material como para que se plantee la posibilidad de que la matriz descrita sea efectivamente el nombre de Dios, la firma del Creador.

9

9. El Código Atman

Un poco de ingeniería espiritual

Hasta este momento nos hemos centrado en la firma de Dios, en su nombre, y nos hemos asomado a las tremendas posibilidades de este mero vocablo. La matriz que lo representa es sin duda impactante cuando se profundiza un poco en ella. Pero ¿qué hay del resto? ¿Del resto? Exacto. Hemos identificado la firma de Dios, su nombre es una palabra, una sola, la palabra sagrada. Pero ¿qué otros vocablos han configurado la Creación? ¿Cómo se configura nuestra compleja realidad espiritual superpoblada de almas?

Quizá nos hemos olvidado de que el nombre de Dios es una matriz que se repite hasta el infinito, el común denominador de todos los números bajo la premisa de que 1+1=2 pero que 1 y 1 no son lo mismo que un 2, ni tres 1 son lo mismo que un 3, y así sucesivamente (si quiere recordarlo vuelva a releer el tercer capítulo)

"Cada matriz es como un ladrillo de una malla infinita cuya argamasa serían los números 9".

Cuando llevamos a cabo la reducción de toda la tabla de multiplicar hallamos una malla infinita de matrices rodeadas de 9, como si fueran los bloques de la Creación, y los

9 su argamasa. A lo largo del análisis desarrollado en estas páginas ha quedado patente el hecho de que la matriz está íntimamente relacionada con el hombre y la mujer, a imagen y semejanza de Dios. También hemos constatado las mágicas y trascendentales propiedades del número 9, que podría afirmarse que encierra en sí mismo el poder de la Creación.

Fig. 18. *Atman*. La matriz es la unidad de una malla infinita de matrices rodeadas de 9, como si fueran los bloques de la Creación, y los 9 su argamasa.

Los *Upanishads* son unos textos místicos de la India que se trasmitieron por vía oral hasta que se empezaron a recopilar por escrito alrededor del siglo VI a. C. Su objetivo era explicar la naturaleza de la realidad para preparar a las personas que iban a morir en su proceso hacia la trascendencia. Están escritos en forma de poesía porque consideraban que el lenguaje resultaba insuficiente para contener el conocimiento verdadero, mientras que el arte y la belleza de los versos ayudaban notablemente a transmitir su mensaje.

Durante la segunda mitad del siglo XX algunos hindúes comenzaron a estudiar física moderna en Estados Unidos. Allí se dieron cuenta de que muchos de los inabarcables conceptos de la física cuántica encajaban con muchas metáforas contenidas en los versos que componen los *Upanishads*. Estos paralelismos han fundamentado muchas corrientes actuales de investigación que aúnan la física cuántica y la trascendencia. La física moderna postula ideas que son completamente ajenas a nuestro marco de percepción y comprensión, como el hecho de que hay partículas que se comunican a distancia, o la relevancia de otras dimensiones además del tiempo y el espacio, por citar un par de ellas. Estas ideas, que parecen sacadas de novelas de ciencia ficción, han sido probadas científicamente. Aunque no las comprendamos, podemos beneficiarnos de sus consecuencias. Buena parte de las telecomunicaciones, los móviles y los ordenadores son posibles gracias a la tecnología basada en los postulados de la mecánica cuántica.

Hay tres conceptos principales dentro de los *Upanishads*: *Maya*, *Atman* y *Brahman*. *Maya* es lo que percibimos como realidad, el mundo que nos rodea, pero esta realidad se trata de un ilusión. ¿Se ha puesto alguna vez unas gafas 3D? Pues imagínese unas diseñadas por el mismísimo Dios. La película *Matrix* es un buen ejemplo de lo que podría ser *Maya*. *Atman* se identifica con el alma humana, la esencia trascendente de cada individuo. Y *Brahman* es Dios, la totalidad, la Creación. Ahora bien, los *Upanishads* postulan que *Atman* es igual a *Brahman*, es decir que cada uno de nosotros somos Dios. Es otra forma de decir que hemos sido creados a su imagen y semejanza, pero esta idea va mucho más allá. Nuestra alma es tanto una parte de Dios como su totalidad de forma simultánea, igual que los fractales.

"Según los *Upanishads*, *Maya* es una ilusión que conforma la realidad que nos rodea, *Atman* es el alma individual de cada persona, y *Brahman* sería Dios. Ahora bien, *Atman* es igual a *Brahman*".

La matriz del nombre de Dios expone este sofisticado concepto de una forma elegantemente sencilla. Si identificamos cada matriz con *Atman*, con el alma, y todo el conjunto infinito de matrices rodeadas de 9 con *Brahman*, tiene sentido afirmar que no importa en qué punto de ese infinito entramado nos ubiquemos, siempre nos encontraremos tanto en *Brahman* como en *Atman*. ¡Bonito! ¿No es cierto?

Cada conciencia, cada ser humano, cada vida alberga una sublime complejidad. Si a ello le sumamos las relaciones que establecen entre sí y con todo lo que existe, nos adentramos de cabeza en un vertiginoso infinito. Vamos a sumergirnos un poco en la ingeniería del alma y vamos a juguetear con las ilimitadas posibilidades que nos presenta. Aún estamos muy lejos de descifrar los engranajes de esta ingeniería, lo cual por otro lado está bien, puesto que no es nuestra misión ponernos a intervenir en el código fuente de nuestro gran programador.

Por suerte para nosotros, no es necesario que seamos ingenieros del alma para beneficiarnos del potencial que nos ofrece su funcionamiento, igual que no hace falta convertirse en un avezado hechicero para conjurar los beneficios del poder del nombre de Dios; basta con pedirlo con el corazón, la mente y la intención bien enfocada.

Escojamos un número algo grande y multipliquémoslo por otro del mismo calibre. Apliquemos la tabla de multiplicar igual que hicimos para demostrar la existencia de la firma de Dios, solo que en otra zona de sus infinitas posibilidades.

Comencemos con un número cualquiera –no demasiado alto por cuestión de espacio– como el 5311, que multiplicamos por 1720, lo que arroja un total de 9.134.920. Desarrollemos la matriz a partir de este número y siguiendo la tabla de multiplicar, tal y como se explica en el capítulo 3:

Número resultante · Multiplicación de los dos números

9134920$^{5311\times1720}$	9140231$^{5311\times1721}$	9145542$^{5311\times1722}$	9150853$^{5311\times1723}$	9156164$^{5311\times1724}$	9161475$^{5311\times1725}$	9166786$^{5311\times1726}$	9172097$^{5311\times1727}$
9136640$^{5312\times1720}$	9141952$^{5312\times1721}$	9147264$^{5312\times1722}$	9152576$^{5312\times1723}$	9157888$^{5312\times1724}$	9163200$^{5312\times1725}$	9168512$^{5312\times1726}$	9173824$^{5312\times1727}$
9138360$^{5313\times1720}$	9143673$^{5313\times1721}$	9148986$^{5313\times1722}$	9154299$^{5313\times1723}$	9159612$^{5313\times1724}$	9164925$^{5313\times1725}$	9170238$^{5313\times1726}$	9175551$^{5313\times1727}$
9140080$^{5314\times1720}$	9145394$^{5314\times1721}$	9150708$^{5314\times1722}$	9156022$^{5314\times1723}$	9161336$^{5314\times1724}$	9166650$^{5314\times1725}$	9171964$^{5314\times1726}$	9177278$^{5314\times1727}$
9141800$^{5315\times1720}$	9147115$^{5315\times1721}$	9152430$^{5315\times1722}$	9157745$^{5315\times1723}$	9163060$^{5315\times1724}$	9168375$^{5315\times1725}$	9173690$^{5315\times1726}$	9179005$^{5315\times1727}$
9143520$^{5316\times1720}$	9148836$^{5316\times1721}$	9154152$^{5316\times1722}$	9159468$^{5316\times1723}$	9164784$^{5316\times1724}$	9170100$^{5316\times1725}$	9175416$^{5316\times1726}$	9180732$^{5316\times1727}$
9145240$^{5317\times1720}$	9150557$^{5317\times1721}$	9155874$^{5317\times1722}$	9161191$^{5317\times1723}$	9166508$^{5317\times1724}$	9171825$^{5317\times1725}$	9177142$^{5317\times1726}$	9182459$^{5317\times1727}$
9146960$^{5318\times1720}$	9152278$^{5318\times1721}$	9157596$^{5318\times1722}$	9162914$^{5318\times1723}$	9168232$^{5318\times1724}$	9173550$^{5318\times1725}$	9178868$^{5318\times1726}$	9184186$^{5318\times1727}$

9134920	9140231	9145542	9150853	9156164	9161475	9166786	9172097
9136640	9141952	9147264	9152576	9157888	9163200	9168512	9173824
9138360	9143673	9148986	9154299	9159612	9164925	9170238	9175551
9140080	9145394	9150708	9156022	9161336	9166650	9171964	9177278
9141800	9147115	9152430	9157745	9163060	9168375	9173690	9179005
9143520	9148836	9154152	9159468	9164784	9170100	9175416	9180732
9145240	9150557	9155874	9161191	9166508	9171825	9177142	9182459
9146960	9152278	9157596	9162914	9168232	9173550	9178868	9184186

¿Qué significan estos números?

Este sería el código espiritual de un *Atman*. De igual modo que el código genético determina nuestro aspecto y muchas de nuestras características y tendencias, el código espiritual determina los parámetros de la encarnación de nuestra alma

"El código *Atman* determina los parámetros de la encarnación de cada alma".

El código *Atman* no se puede modificar. Se codifica por la ubicación y el momento temporal en el que naces. Estructura los aprendizajes, debilidades y fortalezas interiores, y los retos de la vida que nos haya tocado. A estas alturas del progreso humano hemos sido capaces de mapear el código genético; sin embargo obtener esta información no nos permite alterar nuestro bagaje biológico. Lo mismo ocurre con el código *Atman*. Mi objetivo al presentar este código es mostrar la complejidad y sofisticación del alma, que supera con creces la codificación biológica.

He utilizado un ejemplo sencillo con números pequeños para hacer esta demostración. En este ejemplo cada codificador de los sesenta y cuatro que componen la matriz cuenta con siete cifras. Un código *Atman* que se precie debería contar fácilmente con más de cincuenta. Hay que tener en cuenta que cada matriz debe codificar de forma única toda la vida humana que ha existido y que existirá, es decir toda la gente que ha vivido a lo largo de la Historia y la que vivirá en el futuro. De hecho toda la vida se codifica mediante su posición en la infinita malla tejida por *Brahman*.

Voy a resaltar unos pocos parámetros utilizando este sencillo ejemplo para ilustrar la sofisticación de la ingeniería espiritual.

Cada código *Atman* está compuesto por sesenta y cuatro codificadores.

Cada codificador cumple una función determinada en función de los números que lo integran y por su posición en la estructura de la matriz. La bioquímica funciona de forma similar.

Cada codificador cuenta a su vez con tres partes: una fija, una de referencia de ciclo o cardinal y una variable, de forma parecida a los signos del zodiaco ya descritos anteriormente según la estructura que determina la secuencia 3, 6 y 9 en la matriz.

El área fija está compuesta por las cifras que no cambian al principio de cada codificador. En el ejemplo que nos ocupa serían el número 91. En un código *Atman* verdadero esta parte del código tendría muchas más cifras. El área fija funciona de forma similar al código inicial de un número de teléfono que identifica la zona geográfica a la que pertenece el número. En el código *Atman* el área fija especifica el momento temporal y geográfico en el que se manifiesta el alma, y también determina los parámetros que definen dicho momento y lugar.

El área de ciclo está compuesta por unos números que apenas varían y se repiten en el codificador. En este ejemplo lo identificamos con la tercera cifra de cada codificador, que oscila entre el 3, 4, 5, 6, 7 y el 8. En el código *Atman* este número siempre es de una sola cifra, que actúa como separador entre el área fija y el área variable de la secuencia numérica. Ocupa la quinta posición comenzando desde las unidades. A pesar de que se limita a una sola cifra no es un parámetro sencillo. Su reiteración indica su intensidad, peso específico y su papel en el ciclo vital: el 3 se repite tres veces, el 4 se repite catorce veces, el 5 se repite dieciséis veces, el 6 se repite catorce veces, el 7 se repite catorce veces y el 8 se repite tres veces. El epicentro del ciclo está dominado por los números 5 y 6. Este área determina las parámetros del ciclo vital.

El área variable está compuesta por combinaciones de cuatro números que codifican la unicidad de cada alma. La estructura del código *Atman* es emulada bioquímicamente por el código genético, el cual se encuentra en consonancia perfecta con la matriz del nombre de Dios.

¿Por qué son cuatro los números que codifican la individualidad?

Si dividimos la matriz en cuatro mediante una línea horizontal y otra vertical, destacamos dos grupos de dos áreas que son complementarias entre sí, exactamente igual que las cuatro bases nitrogenadas que componen el código genético, y que también se combinan de dos en dos. Estas bases, llamadas nucleótidos, se unen formando tripletes que constituyen las unidades elementales de información para la síntesis de los aminoácidos, los ladrillos de la bioquímica.

"El código *Atman* se compone de sesenta y cuatro codificadores. Cada codificador presenta una parte fija, una de ciclo y otra variable. La fija determina el momento y lugar de cada encarnación, el ciclo los parámetros de dicha vida y la variable la individualidad de cada alma".

El código genético se compone de sesenta y cuatro codones diferentes resultado de la combinación de cuatro nucleótidos, las bases nitrogenadas, en tres posibles posiciones. Estos tripletes codifican los veinte aminoácidos sobre los que se edifica toda la vida del planeta. El código genético es común a todos los seres vivos. La ciencia ha desentrañado los mecanismos de su funcionamiento. Sabemos cómo funciona y qué hace pero no por qué está estructurado de esta manera.

Entonces... ¿el código genético emula la estructura de la matriz?

La primera capa de la matriz es una secuencia que se enrolla en sí misma: va del 1 al 8, de vuelta al 1 y de vuelta al 8 y al 1. El ADN se enrolla sobre sí mismo siguiendo una espiral continua. La segunda capa de la matriz está formada por dos grupos de números pares e impares contrapuestos que establecen dos tipos de parejas, como la paridad de las bases nitrogenadas: adenina con timina –uracilo–, y guanina con citosina. Esta capa cuenta con un total de veinte cifras. Veinte son también los aminoácidos que componen el ADN. La tercera capa de la matriz indica la importancia de los tripletes como fórmula para estructurar la vida en este mundo, siendo el hombre su máximo exponente, al menos por el momento. Los codones del ADN son tripletes de nucleótidos, las unidades de información básica del código genético, y componen un total de sesenta y cuatro codones posibles. La matriz está compuesta por un total de sesenta y cuatro de cifras. ¿Coincidencia?

Cada codificador del código *Atman* también está constituido por un triplete: un inicio fijo, un indicador de ciclo marcado por el número en la quinta posición y la combinación que proporciona la unicidad, resultante de combinar los cuatro últimos números. Siempre ocurre así, no importa en qué parte de la infinita malla de *Brahman* realicemos el cálculo. El tamaño de las cifras involucradas se refleja en la parte fija indicando la complejidad del momento y lugar de la encarnación, pero las otras dos partes siempre ocuparán la quinta posición para el indicador de ciclo, y las cuatro últimas cifras la parte variable que define la individualidad. El código resultante es mucho más complejo que las ilimitadas posibilidades que ya de por sí nos ofrece el código genético.

> **"La estructura del código genético emula al código *Atman*. El ADN cuenta con dos parejas de nucleótidos, que se combinan en tripletes armando sesenta y cuatro codones que generan los veinte aminoácidos que edifican la vida".**

La complejidad del código *Atman* no acaba aquí, sino más bien todo lo contrario: se inicia aquí. La matriz resultante de la codificación de la ubicación y el momento temporal del nacimiento debe empezar a reducirse hasta su esencia final, el nombre de Dios. Este proceso también arroja mucha información, ya que cada reducción genera nuevos codificadores. Veamos cómo progresa el ejemplo escogido.

Vayamos reduciendo cada codificador al resultado de sumar las cifras que lo integran. Es decir, que el número 9134920 del primer codificador daría: 9+1+3+4+9+2+0=28. El número 9140231 del primer codificador daría: 9+1+4+0+2+3+1=20. Y así sucesivamente. Hay que considerar que en un código *Atman* verdadero las cifras resultantes serían mucho mayores, lo cual agregaría dos o tres pasos más hasta llegar a un resultado parecido al que arroja este caso. En nuestro ejemplo la primera reducción quedaría así (los 0 no cuentan, o sea que 20 es directamente 2 y 30 directamente 3):

28	2	3	31	32	33	43	35
29	31	33	35	46	21	32	34
30	33	45	39	33	36	3	33
22	35	3	25	29	33	37	41
23	28	24	38	25	39	35	31
24	39	27	42	39	18	33	3
25	32	39	28	35	33	31	38
35	34	42	32	31	3	47	37

Durante el análisis del código *Atman* hay que considerar la presencia del 9 como indicador de un mayor contacto con la divinidad en ese codificador. Por otra parte, el propio proceso de reducción es tremendamente significativo. Según se van aplicando las reducciones comienza a aparecer la matriz del nombre de Dios, pero no de golpe, lo que significa es que hay zonas en las que la comunión con *Brahman* es más directa, mientras que en otras todavía hace falta seguir trabajando y reduciendo los números hasta su esencia final. Veamos cómo sigue. Vamos a reducir más el resultado anterior (los o no cuentan).

1	2	3	4	5	6	7	8
11	4	6	8	1	3	5	7
3	6	9	12	6	9	3	6
4	8	3	7	11	6	1	5
5	1	6	11	7	12	8	4
6	12	9	6	12	9	6	3
7	5	12	1	8	6	4	11
8	7	6	5	4	3	11	1

Siguen quedando cantidades pendientes de reducir para alcanzar el nombre puro de Dios, para que *Atman* sea completamente igual a *Brahman*. La cantidad de veces que sea necesario realizar este proceso de reducción indica la medida evolutiva del ser encarnado. Cada fase del proceso destaca los puntos de conexión con *Brahman* así como las resistencias que deben ser reducidas aún más. Los puntos de conexión y las resistencias generan un mapa y una trayectoria que rigen las leyes kármicas que afectarán a la vida del individuo.

Este atisbo de ingeniería espiritual pretende dejar patente que cuando los *Upanishads* afirman que *Atman*, el alma humana, es lo mismo que Dios, *Brahman*, podemos encontrar en la matriz un proceso que codifica dicha relación.

"La matriz codifica el proceso para que *Atman*, el alma individual, sea igual a Dios, *Brahman*".

Un aspecto importante sobre la comprensión del código *Atman* es el propio significado de los números. Más allá de lo que afirman las distintas versiones de la númerología sobre estos significados, siempre me pregunté por qué las cifras tienen la forma que tienen, por qué los llamados números arábigos, procedentes de los números hindúes, han sido aceptados con unanimidad universal, de forma parecida a lo que explicamos con los 360° del círculo.

El significado de los números es importante para dar más sentido a la matriz y al código *Atman*. En mi opinión, la forma de las cifras esquematiza líneas de energía y configuraciones que expresan el significado de los números que representan. También ayuda la propia interpretación de sus sumandos. Para ilustrar un esbozo de esta peculiar gramática de la Creación, voy a seguir la clasificación implícita en el propio número 9, que es igual a 33. La líneas tercera y sexta de la matriz también resaltan la relevancia de la secuencia 3, 6 y 9.

"Los números constituyen la semántica de la Creación".

LA ENERGÍA

"Los primeros tres números sintetizan la manifestación de la energía: 1, 2 y 3".

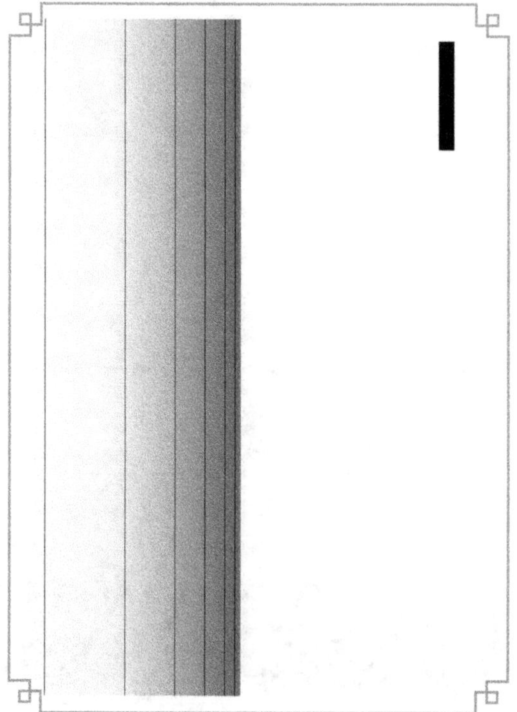

El 1 es el principio, la causa primera, la esencia, la energía primordial.

El número 1 resalta el inicio, lo esencial, el origen.

Es el punto. Es estático.

A partir del 1 se crean todos los números. Y todos los números se descomponen en unos, sin excepción. La masa y la energía no se crean ni se destruyen, solo se transforman, como el 1.

Posibles significados: estático. Adelante. Lo esencial. Potencialidad.

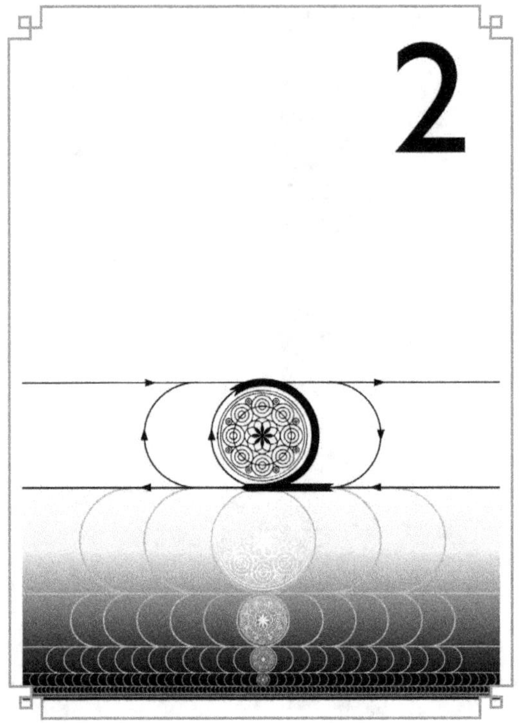

El 2 es el reflejo del 1, la dualidad, la polaridad.

El número 2 resalta lo complementario, el opuesto y la diversidad.

Es la línea. Es dinámico.

Con el 2 nace la multiplicidad. Toda acción genera una reacción, el 1 se refleja en el 2 y de esta forma se dinamiza y se expande.

Posibles significados: Dinámico. Cambio. Complementario. Acción.

El 3 es el equilibrio de fuerzas, la estabilidad.

El número 3 resalta la conjunción estable de tres fuerzas (1+1+1), es el punto de equilibrio entre los opuestos (2+1).

Es el plano. Es la tensión homogéneamente repartida, o sea la vibración, que es el equilibrio entre lo estático y lo dinámico.

Con el 3 nace la estructura y la entropía, que es el estado de equilibrio de mínima energía posible.

Posibles significados: quieto. Centro. Equilibrio. Interior.

LA MATERIA

"Los segundos tres números expresan la manifestación de la materia: 4, 5 y 6".

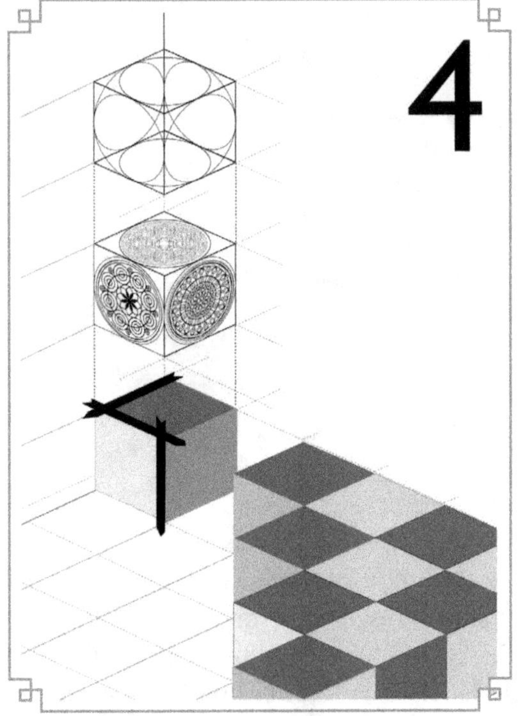

El 4 es la forma, la manifestación física de la energía.

El número 4 encierra la interacción de dos dinámicas contrapuestas (2+2), es un plano que se potencia en más dimensiones (3+1), y la expresión de la energía en base a cuatro referencias (1+1+1+1), como los cuatro elementos o tantos otros ejemplos.

El 4 es la forma. La condensación de la energía en materia.

Con el 4 nace la materia y las dimensiones del espacio-tiempo.

Posibles significados: presencia. Atención. Sentidos. Totalidad.

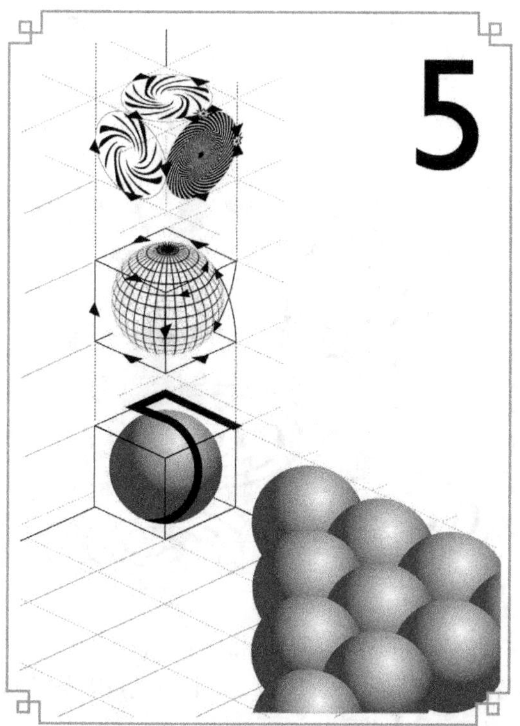

El 5 es la vida, ni más ni menos.

El número 5 nace de la materia inseminada por la esencia (4+1), y la manifestación de fuerzas contrapuestas en equilibrio (2+3).

Es la vida. La materia imbuida de la esencia.

Con el 5 surge la vida y se configura el ser humano.

Posibles significados: función, Vitalidad. Gratitud. Disfrute.

El 6 es la evolución y el desarrollo de la vida.

El número 6 resulta de la conjunción de dos estados de equilibrio (3+3), de la dinamización de la vida para su desarrollo y evolución (1+5) o bien de la transformación de la materia (2+4).

Es la evolución, no necesariamente en sentido darwiniano, sino como la transformación de un estado actual.

Mediante el 6 la materia y la vida se transforman.

Posibles significados: transformación. Intención. Posibilidades.

LA CREACIÓN

"Los terceros tres números expresan el poder de la Creación: 7, 8 y 9".

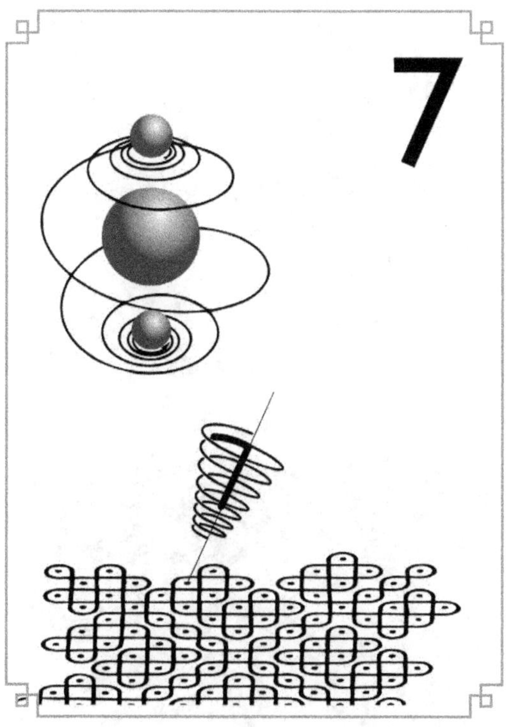

El 7 son las leyes del Universo, las partes que interactúan, el lenguaje.

El número 7 expone las reglas del equilibrio de la materia (3+4), la interactividad de la vida mediante la comunicación y las relaciones (5+2) así como la consolidación de cada estado de transformación (1+6).

Establece la comunicación entre la vida y las diversas manifestaciones de la materia.

Mediante el 7 la materia y la vida se relacionan. El 7 configura el vocabulario de la Creación.

Posibles significados: magia. Comunicación. Armonía. Belleza.

El 8 es la conclusión de un ciclo y el renacimiento de otra forma.

El número 8 presenta dos versiones interconectadas de la manifestación de la materia (4+4), retorna la vida a su punto de equilibrio: muerte y renacimiento (5+3) y cambia el sentido de la evolución (2+6).

Representa el ciclo en el que se reescribe el mismo significado con otra forma. El 8 estructura la gramática de la Creación.

Posibles significados: conclusión. Mensaje. Justicia. Renacimiento.

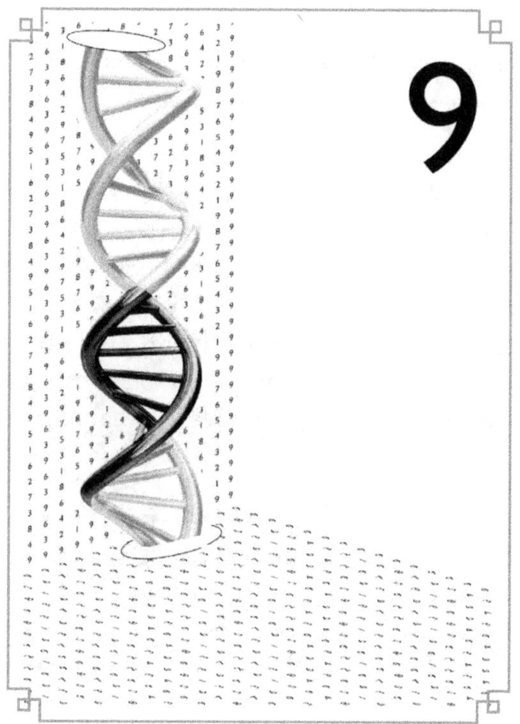

El 9 es el poder y la libertad de crear.

El número 9 indica la capacidad de la vida de actuar sobre la materia (5+4), de cuajar los procesos de transformación (3+6) y tiene el poder de afectar las leyes del Universo (2+7).

Representa el poder de la Creación. Es el nombre de Dios. El 9 es el lenguaje de la Creación. Es la conciencia.

Posibles significados: voluntad. Conciencia. Significado. Poder. Creación.

Al comienzo de cada capítulo se presentan unas ilustraciones que pueden favorecer la comprensión gráfica de estas explicaciones.

"La forma y los sumandos de los números contribuyen a esclarecer sus posibles significados".

El desarrollo de lo expuesto en estas páginas debería ser suficiente para afirmar que la matriz descrita es el nombre de Dios, y por lo tanto se podría considerar Su firma, porque, bien pensado... ¿dónde ubicaría el Creador su sello?, ¿qué lugar hay más universal, atemporal y omnipresente que los propios números? Los números no son patrimonio del ser humano, son estructuras inherentes a la realidad.

"El Universo es una obra de arte firmada por su Creador mediante una matriz de números".

EL SENTIDO DE LA EXISTENCIA DEL SER HUMANO

Ahora bien, ¿qué implicaciones tiene esta afirmación?

No es mi propósito adentrarme en debates teológicos sobre este tema, que da pie a ríos y ríos de tinta correteando en todas direcciones, aunque siempre desembocando en un mismo insondable y profundo mar. Que cada uno elabore sus propias conclusiones. Sin embargo, antes de zanjar el tema quiero destacar un punto.

La matriz también da a entender el papel clave que juega el ser humano como imagen y semejanza de Dios, y parte estructural de la propia firma del Creador. ¿Y esto qué significa? ¿Qué somos pues? ¿Cuál es nuestra misión?

El significado de los números expuesto puede ayudarnos a elaborar una interpretación. La línea de la matriz que representa al hombre, entendido como concepto de ser humano, es:

$$3 \quad 6 \quad 9 \quad 3 \quad 6 \quad 9 \quad 3 \quad 6$$

En la primera posición está el 3. La primera posición indica el punto de inicio; la esencia del ser humano está formada por tres partes: cuerpo, mente y espíritu.

La segunda posición señala la dinámica de nuestra existencia. Aquí se ubica un 6. Nuestra función es evolucionar, desarrollarnos, como revela el 6.

La tercera posición resalta un estado de equilibrio. El objetivo de la evolución es llegar a un estado de conciencia equilibrado. El 9 se sitúa en esta tercera posición.

Estos primeros tres números forman parte de la categoría de la energía, de la configuración de nuestro ser o estado interior. Los siguientes tres números competen a la materia, a nuestra manifestación en el universo material.

La cuarta posición está ocupada de nuevo por un 3. Nuestra presencia en el mundo debe ser equilibrada, en consistencia con la conciencia que se va fraguando en consonancia con el recorrido de los tres primeros números: 3, 6 y 9.

La quinta posición destaca que tenemos una misión de contribuir al desarrollo de la vida: un 6 en quinta posición.

Y de nuevo concluimos con un 9 en sexta posición. Este es el legado que cada persona aporta a los demás, a su entorno, al mundo que le rodea. Esta impronta es nuestro granito de creación dentro de la gran Creación. Un aporte aparentemente pequeño pero importante y destacado dentro de la matriz que firma la Creación.

El tercer segmento de esta línea muestra solo dos posiciones, la siete y la ocho. La posición novena está ocupada por el 9, igual que la posición anterior a la primera. El 9 es el número de la Creación, del poder de Dios. De allí venimos y allí retornamos al finalizar el recorrido que indica esta secuencia de números que representa al ser humano.

La séptima posición de nuevo expone un estado de equilibrio mediante un 3. Esta posición resalta el impacto de nuestra contribución al mundo que nos rodea. ¿Hemos ayudado a que el mundo sea más bonito, armónico, se disfrute más? ¿Qué impacto hemos causado en otras personas?

Por último el 6 en octava posición expone cómo de constructivo ha sido este impacto, nuestro paso por la vida, y determina el nivel de desarrollo con el que cerramos el ciclo de nuestra existencia como código *Atman*, como individuos únicos.

"La matriz también define al ser humano y nuestra función dentro del Universo".

La línea de la matriz que representa al hombre y a la mujer conforma la tercera y la sexta de la matriz, se mire por donde se mire. Esto significa que ambos se aportan equilibrio (3) y se impulsan en su proceso de desarrollo y transformación (6). Al fin y al cabo no hay mejor escuela para la expansión de la conciencia que la familia en la que hemos venido a nacer. Las posibilidades y las dificultades dentro de cada familia son las lecciones fundamentales de nuestras vidas. Podría decirse que la familia en la que nacemos es la escuela en la que nos graduamos, y la pareja o la familia que formamos la universidad.

Un resumen de la interpretación realizada bien podría ser este:

"La esencia del ser humano está formada por tres partes: cuerpo, mente y espíritu, (1º-3) que tienen la función de evolucionar (2º-6) dentro de un estado de equilibrio (3º-9). La conciencia coordina este equilibrio, que integra nuestro cuerpo (salud), mente (pensamiento) y espíritu (sentimiento)".

"Nuestro papel en la vida es materializar nuestro equilibrio interior en el mundo (4º-3) y contribuir al desarrollo de la vida (5º-6). Esta es la impronta que cada uno de nosotros dejará a su paso por la vida (6º-9). Nuestra huella individual impacta en el mundo y afecta a las personas que hemos conocido y al equilibrio global (7º-3). Este impacto determina nuestro karma, el ciclo de nuestra evolución (8º-6)".

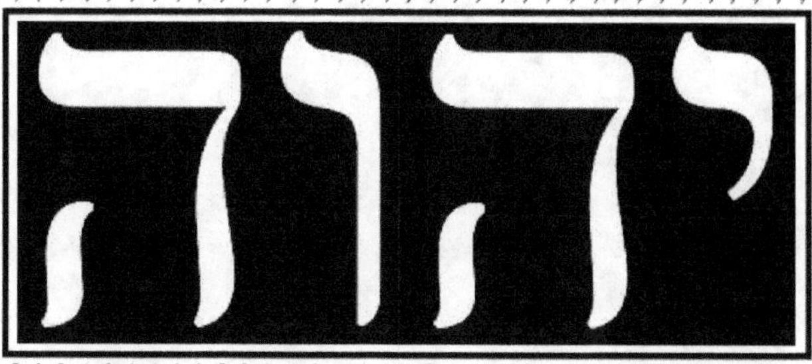

INVOCACIÓN

INVOCACIÓN

¿CÓMO HACER REALIDAD LOS DESEOS?

La matriz del nombre de Dios ha dejado patente la importancia del ser humano y de su relación con Dios. El principio antrópico del que hablamos al principio de este libro ha demostrado cómo este Universo es altamente sospechoso de haber sido concebido para albergar vida, y para principalmente fomentar nuestra evolución.

El hombre no se diferencia de otros seres vivos por su especial inteligencia sino por su capacidad de crear. Este es el poder que nos hace semejantes al Creador. ¿Cómo se invoca este poder? ¿Hay alguna directriz implícita en la matriz?

El propio nombre de Dios resulta impronunciable porque básicamente se trata de una fórmula. Este nombre, como se ha constatado en las páginas anteriores, no se escribe con palabras. Se trata de una estructura. Y tampoco se pronuncia con palabras. El nombre de YHVH realmente es un conjuro de invocación.

Hoy en día existen múltiples herramientas que se han popularizado con el fin de atraer la riqueza y hacer realidad nuestros deseos. Las hay tan tradicionales como la oración o la magia, y tan actuales como el pensamiento positivo con sus múltiples denominaciones según la moda imperante. ¿Funcionan estas herramientas? Sí, pero muchas veces no. ¿Por qué? Porque son herramientas al fin y al cabo, y una herramienta no puede ser responsable de los resultados. Estos dependen de cómo se utilice. Un buen mecánico puede arreglar cosas que yo, por mero desconocimiento, no podría aunque contase con las mejores herramientas del mercado.

No importa cómo denominemos el proceso para conjurar la materialización de nuestros deseos. Todos se estructuran en función del nombre de Dios. Todos obedecen a las mismas reglas. Y cuando se cumplen estas reglas funcionan, y cuando no se cumplen no funcionan. Y punto. Estas reglas se han clasificado y transmitido de diversas formas a lo largo de la Historia. Cada cultura lo cuenta bajo los parámetros y referentes que mejor se le adapten, pero en el fondo estamos hablando de lo mismo.

"El hombre es semejante a Dios en tanto en cuanto compartimos el poder de crear".

Voy a utilizar un ejemplo que sirva para transmitir lo que quiero explicar. Tenga en cuenta que el verdadero conocimiento es experiencial y no se puede transmitir aunque se lo cuenten. Por este motivo los hijos siempre ansían experimentar y sacar sus propias conclusiones en lugar de acatar lo que les transmiten sus mayores, muy a pesar de las expectativas de sus padres.

Me explico. ¡Ha tenido un orgasmo! Sinceramente espero que más de uno, pero es imposible que le explique a nadie lo que ha experimentado. Podrá tratar de describirlo, podrá diseccionarlo como proceso biológico, hablar sobre ello desde muchas perspectivas. La persona que le escuche podrá tratar de imaginarse lo que le cuenta pero no puede experimentar lo mismo que usted ha sentido. La forma más adecuada de que la otra persona le entienda sería ayudarle a vivir su misma experiencia. Pongamos que la otra persona también logra su orgasmo. ¡Qué suerte!, pero... ¿están hablando de lo mismo? Ambos le han puesto el mismo nombre a una experiencia que consideran similar, pero no pueden tener la certeza de qué es lo que el otro ha sentido. Lo mismo ocurre con el conocimiento. Se trata de una experiencia interior.

La primera palabra que balbucea cualquier bebé en el mundo es ¡mamá o papá! En cada idioma se pronuncia distinto pero en todos significa lo mismo. Aunque curiosamente, la primera palabra se pronuncia prácticamente igual en todos los idiomas. Cuando un bebé llama a sus padres, estos verifican qué pueden hacer por su criatura, tratan de interpretar sus necesidades, de asegurar su bienestar y vigilan que el bebé se comporte con seguridad para sí mismo. Nosotros somos como ese bebé que pide a Dios que le solucione sus cositas. Sí, a ese nivel estamos, quizá algo más creciditos pero seguimos siendo como niños pequeños.

Los padres no le consienten al niño cualquier cosa que les pida, básicamente porque un niño demasiado mimado no se preparará para desenvolverse con madurez en el futuro. Valga como ejemplo el desastroso progreso de los niños malcriados cuando alcanzan la adolescencia, y no digo la madurez, porque hay adolescentes de más de cuarenta años. Cuando le pedimos algo a Dios debemos aceptar que nos concederá lo que sea mejor para nosotros, lo cual no siempre es coincidente con lo que solicitamos.

Saber cómo pedir las cosas marca una gran diferencia. El niño que no para de quejarse lo que termina logrando es que sus padres hagan oídos sordos ante sus caprichosas necesidades. Hay que aprender a pedir ayuda cuando la necesitamos, y no simplemente por eludir nuestra responsabilidad de aprendizaje y madurez. Por eso Dios ayuda a quien se ayuda. Quien lo intenta y no llega es quien recibe ese milagroso empuje final. Quien pretende esperar sentado a que las cosas pasen malgastará su tiempo en vano.

El lugar y el momento adecuados son importantes. El niño que pide alimento a su hora es propenso a recibirla. No tanto el crío que pide repetir postre después de haber comido lo suficiente. Pedir la merienda en una juguetería es mucho menos eficaz que reclamarla en una cafetería o en un supermercado. Lo que quiero decir es que hay momentos y lugares donde nuestra petición se pronunciará con más nitidez. Estos momentos están marcados a lo largo del año, y se corresponden con muchas festividades: la Navidad, los solsticios, las fases de la Luna... Lo mismo ocurre con algunos lugares. Los identificamos fácilmente porque nos sobrecogen: un paisaje impactante, un mágico atardecer, un templo sagrado...

El agradecimiento es una energía poderosa. Un niño que aprecia y disfruta de lo que recibe provoca una orgullosa sonrisa en sus padres. El niño que considera que tiene derecho a recibir sus caprichos porque sí se expone a recibir una reprimenda.

Deducimos cuatro preceptos que son fundamentales para que funcione la invocación del nombre de Dios, ¡mamá! ¡papá! Uno es la aceptación de los resultados sean cuales sean, otro es pedir aquello que necesitamos y que también nos esforzamos en conseguir, otro hacer la petición en el momento y lugar adecuados, y por último recibirla con agradecimiento. Pero aún queda otro elemento fundamental para completar este proceso. Y es la potencia de nuestra petición, la fuerza con la que somos capaces de pronunciar el nombre. Esta potencia es directamente proporcional a nuestra integridad espiritual. ¿Qué es eso? Pues sencillamente el nivel de coherencia entre lo que realmente creemos y cómo nos comportamos. No voy a entrar a discutir cuáles deben ser esos valores. Cada persona tiene los suyos, pero la coherencia interior implica actuar conforme a nuestros principios.

Las instrucciones de la invocación se han escrito de muchas maneras a lo largo de la Historia. En la novela *Los Ver-*

sos de Pandora abordo muchos ejemplos sobre esta forma de re-entender nuestro pasado. He aquí uno.

Imagino que conocerá los Diez Mandamientos, o al menos habrá oído hablar de ellos. Aproximadamente unos dos mil años antes de Cristo, Moisés recibió estas instrucciones directamente de Dios en lo alto del monte Sinaí. Los voy a recordar con algunas matizaciones para actualizarlos a los tiempos de hoy. Tenga en cuenta que se escribieron hace más de cuatro mil años para la cultura de aquel entonces:

1º «Amarás a Dios sobre todas las cosas», o dicho de otra manera, confiará y aceptará el criterio de Dios para concederle aquello que le pida.

2º «No tomarás el nombre de Dios en vano», es decir, invoque su nombre cuando lo necesite de verdad.

3º «Santificarás las fiestas». Haga su petición en el lugar y momento adecuados.

4º «Honrarás a tu padre y a tu madre». Sea agradecido por las cosas que recibe, siendo la primera de ellas la vida que disfruta (o debería disfrutar, que de eso se trata) y de la que sus padres han sido los instrumentos.

El resto de los mandamientos atañen básicamente a un comportamiento coherente, es decir constituyen una guía rápida de integridad espiritual: no matarás, no cometerás actos impuros, no robarás, no mentirás, no consentirás deseos impuros y no codiciarás los bienes ajenos.

"El nombre de Dios estructura un proceso que permite materializar nuestros deseos".

Ya mencioné que YHVH no es un nombre sino que representa un conjuro. Recordemos que el verdadero nombre de Dios se estructura en función de la Tetraktys pitagórica de forma que se pronuncia una letra, luego dos, luego tres y luego las cuatro. Este conjuro nos permite manifestar nuestros deseos en la realidad; es la fórmula de la Creación. Nuestra semejanza con Dios no se centra en ningún parecido físico sino en el hecho de que albergamos en nuestro interior la capacidad de manifestar el poder de la Creación.

El primer nivel del nombre es una letra. Es la que proporciona potencia al conjuro. Esta fuerza es la voluntad. Es la energía primordial. El 1, si recuerda los significados de los números. La potencia de nuestra voluntad es directamente proporcional a nuestra integridad espiritual, ya que uno no puede desarrollar su integridad sin una tremenda fuerza de voluntad.

El segundo nivel del nombre son dos letras. Este nivel concilia lo que puede ser y no ser de nuestra petición. Aúna la voluntad del Creador con la nuestra. Representa la combinación de creer con el agradecimiento. Debemos agradecer la manifestación de nuestra petición al margen de que este se cumpla o no. Debemos creer en su materialización sin importar el cómo. No debemos decirle al Universo cómo hacer su trabajo. Basta con centrarse en el objetivo final. El proceso es incognoscible.

El tercer nivel apunta a cómo equilibrar la fuerza de la voluntad para convertirla en acción creadora. El nombre de Dios se pronuncia en un idioma universal que conjuga tres elementos (letras): una intención firme, que es la fuerza de voluntad bien enfocada; la acción de las imágenes mentales o imaginación; y la intensidad emocional conectada al deseo que se pretende manifestar. La combinación equilibrada de estos tres elementos genera la Creación. Ese poder actúa como cuando se dispara un arco. La voluntad es la fuerza que tensa la cuerda, la emoción se ubica en un extremo del arco y la imagen mental en el otro. Si los extremos del arco no están equilibrados la flecha se desviará sin alcanzar el blanco, es decir, no se manifestará.

El cuarto nivel detalla el proceso del conjuro de la Creación *per sé*; sin embargo esta fórmula no funcionará si no se halla sustentada por los elementos ya descritos en los tres niveles anteriores:

1º Apertura. Definir bien el deseo a formular.

2º Imaginar visualmente su materialización. También se puede definir con palabras, pero es más efectivo visualizarlo.

3º Cargar esta imagen de emoción. Sentir el efecto que su materialización produce en nuestra vida. Creer en su realización.

4º Cierre del conjuro. No volver a pensar en ello.

Sí que podemos recrearnos en las emociones que nos genera el deseo. Recordarlo y agradecer su manifestación, al margen de cuándo sea que se pueda materializar.

"Creer es crear: definir un deseo, imaginarlo, cargarlo de emoción y sentir que se hace realidad".

Dominar este conjuro no es fácil, aunque sea asequible para todos. La oración sincera es un ejemplo tan ancestral como actual de su ejecución eficaz. No todas la oraciones funcionan, ya que no todo el mundo reza de la mima manera, ni con la misma implicación, ni con la misma integridad espiritual.

A continuación voy a esclarecer varios puntos importantes por los que suele fallar esta fórmula de invocación del poder del nombre de Dios que permite materializar los deseos.

Parámetros para una invocación eficaz

1. Apertura

Cualquier conjuro que pretenda ser efectivo debe iniciarse con una invocación de apertura en la que debe quedar patente nuestra actitud y el cumplimiento de las premisas descritas. Puede tratarse de una sencilla oración, una acción, o ambas. Aquí aporto un ejemplo extraído de un misterio histórico y arqueológico que he podido descifrar tras permanecer oculto durante nueve siglos, y que expongo en mi novela de *Los Versos de Pandora*.

> *«En el nombre de Dios. Hágase Tu voluntad ayer, hoy y siempre, así en el Cielo como en la Tierra. Yo, el invocador, solicito la apertura de este trabajo. Guíame para escuchar la palabra y hacer Tu voluntad. Que así sea como se cierre este trabajo».*

2. Formulación

Hace falta crear una imagen mental de lo que deseamos manifestar. Aquí entran en juego las emociones. Si la imagen no nos emociona, la mente divagará y esta imagen se diluirá entre un carrusel de otras imágenes. Si ha tratado de meditar ya sabe a lo que me refiero. Hace falta un grado suficiente de carga emocional para que una imagen se fije en nuestra ventana mental. Una vez fijada debemos explorar lo que esta imagen nos hace sentir, lo que significa para nosotros, cómo afectará a nuestras vidas. Debemos imbuir la imagen del mismo sentimiento que nos produciría si fuera real. La mente se resiste terriblemente a mantener fija ninguna imagen más que unos instantes, así que no pasa nada si soltamos y recuperamos la imagen igual que un pescador lidiando con el pez enganchado a su anzuelo.

3. Pasado, presente y futuro

Utilizar el tiempo verbal presente es importante para reafirmar nuestra creencia subconsciente en la materialización del deseo. Acciones verbales como «me gustaría» o «tendré» manifestarán una realidad que siempre se quedará en la posibilidad condicional o el futuro. Hay que traer las cosas al presente. Crearlas interiormente en nuestro presente. Realmente existimos en un eterno presente dentro de nosotros mismos. Ahí es donde debe concentrarse nuestro poder de creación.

Hay que intentar no utilizar palabras, sino imágenes adheridas a las emociones que generen. La visualización carece de tiempo verbal y por ese motivo es más eficaz, pero es irremediable que las palabras se cuelen en el proceso, dado que el pensamiento es en gran parte consecuencia de un incesante diálogo interno. Entonces nuestras palabras deben centrarse en el presente y en lo positivo.

4. Lo negativo atrae lo negativo

En el idioma universal no existe el no. Si deseamos un coche y matizamos que queremos este coche pero no este otro, corremos el riesgo de generar una imagen mental subconsciente del coche que no queremos y además de adherir a esa imagen una carga emocional suficiente para que se manifieste, aunque sea una carga emocional de disgusto. En definitiva, podemos estar atrayendo el coche que nos desagrada en lugar del que nos gusta. El miedo actúa de esta guisa. Cuanto más nos atemoriza algo, con más fuerza atraemos que suceda. Hay que centrarse en lo positivo y construir en la dirección de la manifestación de nuestro deseo.

> **"La oración sincera y con intención plena es la fórmula más sencilla de realizar este conjuro. ¡Y funciona!".**

5. ¿Qué pedir?

Dios respeta nuestro libre albedrío así como nuestras decisiones. No se puede pedir que alguien nos ame si no quiere, no se puede alterar la voluntad de otro ser. El poder del nombre de Dios no se limita a atraer cosas materiales, aunque este parece ser el principal interés del mundo de hoy. Podemos utilizar este poder para sanar tanto nuestro pasado como nuestro presente. Las posibilidades solo las determina tu imaginación y tu potencia como creador.

¡Cuidadín con el dinero! Un error muy común es pedir dinero para comprar la manifestación de nuestro deseo. ¡Craso error! El dinero es una creación del hombre, un acuerdo cultural entre los seres humanos. Es resultado de una convención de nuestro libre albedrío y los deseos no intervienen sobre el libre albedrío. El dinero sirve para comprar bienes y servicios. Nuestro deseo debe concentrarse en dichos bienes o servicios, si es que eso es lo que busca en su vida.

¿No será mejor pedir salud, sensatez, alegría, bienestar?

Pero... ¡ojo! Pedir plenitud y felicidad puede acarrear resultados incómodos. Ambas son resultado de un estado interior y no de adquisiciones materiales. Por lo tanto el Universo puede hacernos descarrilar de nuestro rumbo actual y sacarnos de nuestra zona de confort con el fin de que aprendamos un nuevo estado interior desde el que disfrutar esa felicidad y plenitud. Hay que confiar. Merece la pena.

6. Confiar

No hay que decirle a Dios cómo debe hacer su trabajo. No debe preocuparnos cómo se producirá la manifestación de nuestro deseo. Si estamos pidiendo un coche podemos ganar ese coche en un sorteo, nos lo puede prestar alguien una temporada, podemos encontrarlo en forma de una ganga que nos podemos permitir pagar... Los caminos de Dios son inescrutables y así debemos aceptarlos.

7. Magia

La magia es la manera mediante la cual podemos intervenir y alterar la realidad. La magia permite nuestro propio espacio de creación individual. La magia busca el camino de menor impacto para manifestar una intención en la realidad creada. No funciona como muestran las películas. Si deseamos estar en otro lugar, la magia no nos teletransportará automáticamente pero sí confabulará para facilitar nuestro camino hacia ese lugar. Para que se active la magia debemos creer que es posible que nuestro deseo se cumpla si es la voluntad de Dios. Debemos sentir que nos merecemos que así sea, que esa nueva realidad que conjuramos está mejor a nuestro lado. Creer es crear. Si dudas no creas. En el mundo de la magia primero saltamos al abismo y luego nos crecen las alas.

"La integridad interior determina la potencia de nuestra capacidad de invocar y manifestar un deseo".

8. ¡No funciona!

Su poder de conjurar es directamente proporcional a su integridad espiritual. Si el blanco está demasiado lejos para nuestra potencia, entonces la flecha no lo alcanzará. Comience con objetivos que estén dentro de su esfera de disponibilidad. Según vaya ganando en poder también lo hará en capacidad. Si el conjuro no funciona puede que no sea el momento. Acuérdese de la aceptación.

Hemos visto que el propósito de la existencia humana es aprender y evolucionar; por lo tanto, los deseos que contribuyen a nuestro aprendizaje tienden a cumplirse. Y aquellos que buscan «aprobar sin estudiar» no.

Siguiendo con el símil del arco: está bien practicar la puntería y disparar varias flechas. Pero es muy importante que la clausura de cada disparo quede bien hecha. Si los disparos quedan energéticamente conectados, el conjuro diluirá su potencia, y más con cada repetición. Aquí va un ejemplo. Si decimos que una mujer es guapa, entonces debe ser toda una belleza. Si decimos que una mujer es inteligente, entonces debe ser todo un cerebro. Pero si decimos que una mujer es guapa e inteligente, ya no percibimos que pueda ser ni tan guapa ni tan inteligente. Hemos diluido la potencia de cada atributo. Si decimos que es guapa, inteligente, simpática y graciosa, ya ni nos lo creemos. Cerrar cada conjuro es hacer lo mismo.

9. Cierre

Aquí es donde fallan la mayoría de las otras herramientas que pretenden influir en la realidad. La duración del conjuro puede ser de unos cuantos minutos hasta muchos más. El tiempo no es lo determinante. La calidad y la intensidad de nuestro proceso interno sí lo son. Una mayor duración no repercute en un conjuro más poderoso. Por el contrario, una mayor duración puede dispersar nuestra concentración y diluir la potencia de nuestra invocación. El cierre es como encender un interruptor de la luz. Le das y punto. Si le das más veces, lo que puedes hacer es apagar la luz de nuevo, o estropearlo, o fundir la bombilla de tanto sí y no. El cierre es clave para la eficacia del conjuro.

Has invocado unas energías, les has dado forma y las has impulsado hacia un objetivo definido. Si no cierras, estas energías se quedan pegadas a ti y no pueden llevar a cabo su cometido. El cierre es cuando soltamos la flecha de un arco. Una vez se ha soltado la flecha ya está. Si hemos apuntado bien y con la fuerza suficiente daremos en la diana. Y si no, no. No hay nada más que hacer más que confiar y ser agradecido sea cual sea el resultado. Debemos cerrar el proceso de invocación mediante un acto, oración o fórmula, que puede ser tan sencilla como «Amén», o en consonancia con el ejemplo de la apertura como por ejemplo:

«Quede cerrado este trabajo, como Dios manda».

"Si quiere saber más... ¡Anhele el conocimiento! ¡Las herramientas adecuadas llegarán a sus manos!".

1	2	3	4	5	6	7	8
2	4	6	8	1	3	5	7
3	6	9	3	6	9	3	6
4	8	3	7	2	6	1	5
5	1	6	2	7	3	8	4
6	3	9	6	3	9	6	3
7	5	3	1	8	6	4	2
8	7	6	5	4	3	2	1

1 2 3 4 5 6 7 8
2 4 6 8 1 3 5 7
3 6 9 3 6 9 3 6
4 8 3 7 2 6 1 5
5 1 6 2 7 3 8 4
6 3 9 6 3 9 6 3
7 5 3 1 8 6 4 2
8 7 6 5 4 3 2 1

CONCLUSIONES

1

1+1=2 pero dos 1 no son lo mismo que un dos.

La tabla de multiplicar refleja y ordena la extensión de este concepto.

Si reducimos la tabla de multiplicar entera obtenemos una matriz de números que se repite, como los ladrillos de una construcción.

Reducir números significa sumar las cifras que los componen hasta dejar una.

Por ejemplo: 2658=2+6+5+8=21=2+1=3

La matriz resultante está compuesta de 8 filas y 8 columnas, un total de 64 cifras.

Cada matriz está enmarcada por números 9.

9	9	9	9	9	9	9	9	9	9
9	1	2	3	4	5	6	7	8	9
9	2	4	6	8	1	3	5	7	9
9	3	6	9	3	6	9	3	6	9
9	4	8	3	7	2	6	1	5	9
9	5	1	6	2	7	3	8	4	9
9	6	3	9	6	3	9	6	3	9
9	7	5	3	1	8	6	4	2	9
9	8	7	6	5	4	3	2	1	9
9	9	9	9	9	9	9	9	9	9

2

La estructura, simetrías y operaciones dentro de la matriz de 8x8 establecen las bases de antiguos sistemas de creencias tan influyentes y dispares como: el Tao, el *I Ching,* la astrología, la Tetraktys, el *Atman* y *Brahman,* La Cábala...

La matriz también da un sentido a por qué el ADN universal de todos los seres vivos se estructura de la forma en que lo hace: se enrolla, cuatro bases conectadas en dos pares, agrupadas en 64 tripletes...

Las combinaciones del corazón de la matriz 72-27 nos indican los tres números clave que ordenan el Universo: Phi, la proporción áurea en la naturaleza; Pi en la geometría y «e» en el cálculo.

3

Aplicando La Cábala, que es la disciplina que más se ha dedicado al estudio del nombre de Dios, averiguamos varios hechos trascendentes. El nombre de Dios, YHVH, se codifica numéricamente para adquirir su manifestación.

La suma simple del Nombre suma 26 (8) y la matriz es de 8x8 cifras.

El número del poder del nombre de Dios 216 resulta de la suma de todos los números de la matriz cuando se omiten las líneas tercera y sexta, que suman 45 cada una y representan al hombre y a la mujer.

4

El verdadero nombre de Dios suma 72, número presente en el centro de la matriz y también en su forma invertida, 27. La diferencia entre estos dos números es 45, el número del ser humano.

La relación entre 45 y 72 es la proporción áurea, Phi.

La matriz también permite interpretar un sentido para la existencia humana.

El ser humano es a imagen y semejanza de Dios en tanto en cuanto tenemos la capacidad de crear, igual que el Creador.

El verdadero nombre de Dios suma 72, un número presente en el centro de la matriz, y también en su forma invertida, 27. La diferencia entre estos dos números es 45, el número que representa cabalísticamente al ser humano.

La relación entre 45 y 72 es la proporción aurea, Phi (1.6).

El ser humano es semejante a Dios en función de Phi.

Las líneas 3ª y 6ª matriz, la que suman 45, también permiten interpretar un sentido para la existencia del hombre y de la mujer.

5

La matriz codifica tanto la universalidad de Dios como la individualidad del alma.

El código Atman determina los parámetros de la encarnación de cada alma.

La forma y los sumandos de los números contribuyen a esclarecer sus posibles significados. Los números constituyen la semántica de la creación.

6

El ser humano es a imagen y semejanza de Dios en tanto en cuanto tenemos la capacidad de crear, igual que el creador.

El nombre de Dios estructura un proceso que permite materializar nuestros deseos. Y todos podemos beneficiarnos de ello.

Esta fórmula sigue una serie de parámetros para que su invocación funcione eficazmente. En definitiva, CREER es CREAR: Definir un deseo, imaginarlo, cargarlo de emoción y sentir que se hace realidad. ¡Funciona!

7

En base a todas estas coincidencias me permito afirmar que la matriz descrita es el nombre de Dios.

Este nombre se halla presente en la Creación, en la propia estructura de los números que rigen las leyes del Universo y de la vida.

Y por lo tanto es la firma del Creador.

KOLIMA
BOOKS